코르푸스
크리스티

CORPUS CHRISTINE

by Max Monnehay

이 도서의 국립중앙도서관 출판시도서목록(CIP)은
e-CIP홈페이지(http://www.nl.go.kr/cip.php)에서 이용하실 수 있습니다.
(CIP제어번호 : CIP2008003353)

CORPUS CHRISTINE

막스 몬네 장편소설 | 이승재 옮김

문학동네

쥘리앙 리조에게

작가들 중에는 자신의 책에 대해 말할 생각으로 기쁨에 들뜨는 사람들이 있다. 반면 벅벅 이를 갈고 손톱을 물어뜯을 뿐만 아니라 억지로라도 웃어가며 고문 같은 글쓰기 작업이 끝나기만을 기다리는 작가들도 있다.

불행히도 나는 후자의 부류에 속하는 사람이다. 나는 이를 갈고 손톱을 물어뜯어가며, 호기심의 세물이 되어 내게 질문을 던지는 순진한 사람들을 향해 이맛살을 찌푸리는 작가에 해당한다.

야생의 상태로 돌아가는 것. 한 마리 토끼의 살가죽을 벗겨내고 내장부터 심장까지 모조리 드러내보지만 결국 몸속에서 빼내는 순간 신비감이 사라져버리는 미미한 생각들에 맞선 일종의 반항. 쥘 르나르*는 이런 말을 한 적이 있다. "책이라는 것을 분석하겠다고? 같은 식탁에 앉은 손님이 잘 익은 생선을 먹어놓고는 그걸 굳이 눈으로 확인해보겠다고 입에 넣었던 생선살을 도로 꺼내는 것을 보며 당신들은 무슨 말을 하겠는가?" 맞는 말이다! 믿음을 갖고 책을 한번 읽어보라! 책은 그 자체로서도 충분한 것이다! 하지만 정작 나 자신은 그런 신념을 지니지 못했다. 나는 오로지 나를 즐겁게 해주었던 책과 작가들에 대한 이야기를 하고 있기 때문이다. 그렇기 때문에 내가 다른 작가들에 대해 갖는 감정처럼, 다른 이들이 내게 그런 감정을 갖고 있다면 그 사실을 받아들여야 하겠지만 나는 그렇지 못하다.

내가 말하고자 하는 것은 다른 이들에 대한 이야기이다. 내 일상뿐만이 아니라 모든 면에서 내게 영향을 끼쳤고, 하루하루가 지날수록 더욱더 확고해지는 최초의 그리고 마르지 않는 샘 같은 그들에 대한 이야기이다. 그들은 내게 글을 써야 한다는 욕구를 불러일으켰다. 지독히 위험한 헨리 밀러에서부터 몽상가 장 콕토, 광기가 넘쳐나다 못해

---

* 프랑스 문학사에서 가장 독특한 소설가이자 극작가. 자신의 불우한 어린 시절을 풍자한 작품 『홍당무』로 유명하다.

솔직히 고백하자면 내게는 살아 있는 신과 같은 척 팔라닉, 그리고 도스토옙스키와 존 판테까지…… 하나같이 남성 작가들이지만 왜냐고 묻지는 말아주었으면 한다. 이들은 내 상상력의 밑거름이 되어주었다. 그리고 내가 일말의 주저함 없이 내 소설 속 주인공들을 극단의 상황으로 몰아가고 열렬히 엽기적으로 그들을 괴롭혔던 이유는, 그 방법만이 그 인물들의 성향을 가장 잘 보여줄 수 있는 방법이라는 것이 나만의 독서를 통해 입증되었기 때문이다. 그래야만 그들의 배때기 속에 들어 있는 것을 가장 잘 보여줄 수 있다는 말이다. 더구나 그 속에 들어 있는 것들이 문학에 대한 내 열정에 버금간다면 더이상 바랄 것도 없다.

옴악과 피에르 데캉(프랑스의 유명한 바이올리니스트이자 기타리스트), 라디오헤드나 어케이드 파이어 같은 음악인들은 간혹 소리보다 단어를 선택한 나 자신을 후회스럽게 만든다. 음악의 영향은 보다 직접적이고 보다 진하며, 음악이라는 장르가 내포하고 있는 최면의 힘으로 미루어 보아 음악을 다루는 사람들에게는 마법의 주사위를 던지는 일종의 주술사적인 면이 있다는 생각이 든다.

남들에 대한 이야기는 이 정도면 족하다. 그럼 나에 대한 이야기로 잠시 들어가보자! 독자 여러분은 내가 얼마나 역설적인 사람인지 알게 될 것이다. 그리고 내 소설 속 인물들 역시 나만큼이나 역설적이라는 생각을 하게 될 것이다. 아주 솔직히 말하자면 조금 더 역설적이다. 삶이라는 것이 선사할 수 있는 가장 부조리한 면들은 나를 사로잡았고, 나는 소설 속 인물들에게 그 부조리한 면들을 일용할 양식처럼 먹여주었다. 한 마디로 그들을 미쳐버리게 만든 것이다. 내 자신이 미치지 않기 위해.

내가 그나마 평정을 유지하는 길은 글을 쓰고 있을 때뿐이다. 내 머릿속에서 피어 나오는 어처구니없는 생각들이 현실 속에서 차지할 수 있는 자리는 그 어디에도 없다. 아니, 어딘가에 처박혀 있어야 할 생각들이다!

이제 당신들이 읽게 될 이 이야기는 소박한 내 머리가 홀로 간직하고 싶어하지 않는 이야기에 해당한다. 그런 점은 나도 이해한다. 오직 한 사람만을 위하기에는 넘치는 사랑이었고, 끔찍할 정도로 짙은 혐오감이었으며, 역겨울 정도로 흘러넘치는 피와 살이었다. 하지만 코르푸스 크리스틴을 잉태하기에는 지극히 적당할 뿐이었다.

막스 몬네

CORPUS CHRISTINE

1

수평으로 누워 지내는 것만이 내 몸이 유일하게 견딜 수 있는 자세이지만, 그마저도 복잡한 문제가 한두 가지가 아니다. 수직으로 서 있는 사람들에겐 아무렇지도 않은 일상의 사소한 동작들이 내게는 거의 기적에 가깝게 느껴지기 때문이다. 치밀한 전략을 수립하고 그에 따른 적절한 행동 계획을 세우고 나면, 무한대의 시간을 넘어설지도 모를 정신집중의 단계로 접어든다. 절대로 만만히 볼 일이 아니다. 이는 내 생존과 직결된 문제이기 때문이다. 그렇다 치더라도 나는 수직으로 몸을 일으킬 수 없는 상태이기 때문에, 단지 일순간에 지나지 않더라도, 그저 등이 굽었을 뿐이라도 하루를 연명한다는 것이 나에게는 일어서 있는 사람들을 위해 돌아가는 세계의 일상적 체계와 벌이는 끊임없는 전쟁이 되어버렸다. 내 삶의 일 분 일 초는 깨어 있든 잠들어 있든―내 꿈의 내용은 이런 차원에서 튀어나오지 않는다―모조리 열악하고 끔찍한 내 환경의 개선을 위해 쓰였다. 그리고 무인도에 사는 얼치기 로빈슨 크루소처럼 손에 닿기는 하지만 활용할 수는 없는 주변의 사물들을 이용해 나만의 편의시설을 재배치해야만 했기에 수많은 생각들로 머리가 지끈거렸다.

이번 전투에서는 고전을 면치 못할 것 같다. 나는 냉장고 맨 위칸에 있는 야채 덩어리 하나를―그녀는 내 성질을 돋울 요량으로 모든 것을 냉장고 맨 위칸에 정리해두었다―탈취해야 했다. 거대한 빌딩 같은 허연 냉장고, 그 옆에 딸린 냉동실 역시 여전히 접근이 불가능하긴 마찬가지였다. 그래서 그 빌어먹을 여편네는 잼까지 냉동실에 얼리려 했다. 내 계획은 다음과 같다. 일단 아내가 밖으로 나갔음을 알리는 신호를 기다리는 것이다. 인사말 같은 것이 아니다. 그 여자는 그런 기본적인 예의를 따지는 인간이 절대로 아니다. 신호란 바로 열쇠로 자물쇠를 잠그는 소리다. 그후로도 기다림은 10여 분 정도 계속될 것이다. 혹시라도 무언가를 두고 나갔다가 다시 찾으러 오지는 않을지 확인해야 하기 때문이다. 이제 됐다. 10여 분이 지나갔다. 돌격, 앞으로! 포복하듯 바닥을 기는 일은 이제 큰 힘을 들이지 않아도 될 만큼 내 유일한 이동 방법이 되어버렸다. 두 손으로 아무런 어려움 없이 카펫이나 마루판을 짚고, 두 발을 구부린 채 발가락에 힘을 주어 그 추진력으로 이동하는 것이다. 아파트 내부는 널찍한 반면, 내 움직임은 굼뜨기만 하다. 하지만 매번 침투작전을 감행할 때마다 적진에 잠입했다는 묘한 기분이 열병처럼 내 몸을 감싼다. 그녀는 자신이 집을 비운 사이 내가 목숨을 연명하는 데 필요한 식량을 챙긴다는 것을 알고 있다. 그래서 자신의 사생활을 노출시킬 소지가 있는 물건들은 모조리 높은 곳에 옮겨두었다. 거실 수납장의 일부에는 아예 이중잠금장치까지 걸어두었는데, 별 관심을 끌지 않을 것이란 느낌이 들었던 어느 날, 나는 싸구려 주머니칼로 그 잠금장치를 열려고 시도해보았다. 마누라는 아마 내가 벌인 짓을 보며 배꼽을 잡고 웃었을 것이다. 우리는 1992년에 사랑에 미쳐 영원한 어린아이처럼, 영원히 행복하자며 결혼했다. 그녀는 아름다웠고, 창백했다. 당시에도 이미 좀 뚱뚱한 편이었지만 충분히 매력적이었다. 살갗은 맨들맨들했다. 나는 몇 시간이고 그녀의 살을 어루만질 만큼 그녀에게 미쳐 있었다. 그녀의 살갗, 그것은 그저 모공과 솜털로 덮인 평범한 피부에 지나지 않을 수도 있었지만 내게는 그것만으로도 족했다. 그러나 그녀는 동시에 빌어먹을 사기꾼 기질을 가지고 있었다. 도대체 몇 년이라는 시간 동안 어떻게 내 취향을 그대로 흉내내고, 몸서리 날 정도로 혐오하는 것들 앞에서 환호하고, 그토록 열광하는 것들을 향해 저주를 퍼부으며 자신의 성격을 감쪽같이 속일 수 있단 말인가? 나는 내 욕망 위에 올라타 있던 카멜레온을 사랑했던 것이다. 그 카멜레온의 혀는 단번에 쭉 뻗어나와 부드러운 입맞춤으로 벌레를 잠재웠다. 혹자들이 샌드백 두드리는 꿈을 꾸듯, 나는 내가 쓰는 매트리스를 쉬지 않고 칼로 찔러대는 내 모습을 상상하곤 한다. 거대한 머리며 엄청난 팔까지…… 이런 유감스러울 데가 또 어디 있겠는가? 전혀 유감스러울 것 없다고 우겨대는 양반들에게 딱 한 마디만 하겠다. 빌어먹을! 당신들은 귓구멍이 뚫려 있는지 들여다보고 사는가? 그래도 계속해서 우겨댄다면 내 아내를 한번 만나보라고 제안하는 바이다.

　빙하기의 마스토돈*처럼 육중한 냉장고가 내 앞에 우뚝

---

* 마이오세 초기에 출현하여 홍적세(1만~25만 년 전)까지 다양한 형태로 생존했던, 코끼리와 유사하게 생긴 멸종한 포유동물.

솟아 있다. 낮은 곳에서 보면 모든 게 어마어마하게 보인다. 거짓말이 아니다. 아마 강아지조차 케르베로스*처럼 보일 것이다. 배팅 끝! 발 하나를 몸 쪽으로 끌어당기고 다른 쪽 발로 움직이면 모든 동작이 착착 이어진다. 알 수 없는 감정에 앞이 안 보일 지경이지만 나는 거의 일어선 상태에 가깝도록 몸을 내던져 냉장고 손잡이에 온 체중을 싣고 한 바퀴 돌린 다음 성배를 향해 한쪽 팔을 뻗는다. 그리고 양배추 하나를 움켜쥐고는 고통의 비명을 내뱉으며 땅바닥으로 떨어진다. 낙하의 고통에서 벗어날 방법은 없다. 바닥으로 고꾸라지는 것을 피할 길이 전혀 없기 때문이다. 양배추를 포획하는 대가로 그만한 크기의 멍이 들겠지.

나의 존재 이유였던 모든 것은 누군가가 나를 사랑하지 않았다는 끔찍한 사실을 발견하면서 남김없이 타버리고 말았다. 인생이 무가치하다고 시종일관 떠들어대면 결국 비극을 맞이하게 된다. 잘 풀려야 건달, 최악의 경우는 버러지 인생이 될 뿐이다. 하지만 평범한 찬장 하나 내 손으로 부술 수 없는 내 운명은 숨통이 끊어지고 난 뒤에야 중

---

* 그리스 신화에 나오는 전설의 동물. 주로 개 형상의 머리가 세 개 달려 있고 등에는 뱀의 머리가 솟아 있는 거대한 괴물로 묘사된다.

장비에 실려 침대를 벗어나는 비만 환자들의 삶에 자동적으로 편입될 수밖에 없다. 그래도 비만 환자들이 내심 부럽기는 하다. 그들에게는 적어도 자신을 위해 사용할 수 있는 다리라도 붙어 있고, 하루를 근근이 버티더라도 조용히 지낼 수 있기 때문이다. 게다가 잊지 않고 끼니때마다 음식을 먹여주는 사람이 있고, 무엇보다 그들이 죽지 않기를 바라는 사람들이 있다. 내 체중은 42킬로그램이다. 자신의 신체가 이렇게 빠른 속도로 변해가는 과정을 보고 있으면 이상야릇한 기분을 느끼게 된다. 마치 오른손에 들고 있던 버섯을 집어삼킨 앨리스*, 순식간에 벌레만 한 크기로 작아진 앨리스가 된 기분이 든다. 두꺼울 것이라 막연히 상상하는 이 피부는 뼈를 덮고 있는 얇은 막에 불과하고, 그 피부와 뼈 사이에도 별것이 없다. 근육과 지방은 손가방 속의 망사와도 같다. 말라도 너무 마른 사람들. 사람들은 좀더 잘 보이기 위해 뱃속을 가득 채운다. 활기찬 모습을 보이기 위해 음식을 먹는다. 기름질 대로 기름진 우리의 간을 저녁상 위에 차려놓기 위해 우리 것이 아닌 남의 생각들을 비축하거나 깔때기를 사용해 문화라는 것을

---

*『이상한 나라의 앨리스』 제5장 '쐐기벌레의 충고'에 나오는 대목.

쑤셔넣는 것과 비슷하다.

허기라는 것은 또 다른 차원으로 가는 문을 열어준다. 처음에는 허기 그 자체만을 생각한다. 신체의 위계질서상 위가 가장 먼저 난동을 부린다. 위는 끊임없이 투덜거린다. 처음에는 자기 자신만의 이름으로 불평을 쏟아내다가 얼마 안 가 오장육부의 이름으로 요동을 친다. 오장육부가 죽어라 절규를 하고 엄청난 소리를 내면, 우리는 그 소란을 진정시키려고 몸을 배배 꼬고 고통을 줄이기 위해 자기 자신을 물어뜯는다. 그러나 어떤 상황이든 적응하기 마련이다. 그러고 나면 뇌가 작동하기 시작한다. 서정적 감흥이 한껏 고양된 살인에 관한 몇 편의 완전범죄 시나리오, 나는 이런 것들을 떠올리며 내가 무서울 정도로 상상력이 풍부하다는 사실을 깨달았다. 내 정신은 아주 섬세하고 얇은 막에 둘러싸여 점점 부풀어오르는 것 같았다. 삶과 죽음에 대한 끝없는 변화, 애초부터 거세된 성향의 해방. 항상 억제되었던 취향의 지하생활에 볕이 들고, 숨겨진 세상에 대한 숭고한 시각들이 조화를 이루고, 그것을 발견하고…… 허기 덕분에 나는 요기를 할 수 있었다. 내 입에 빵을 넣어주고 나를 좀더 사려 깊고 성숙하게 만들어준 그 상상력은 모두 허기 덕분이었다. 양배추는 그걸 먹는 인간을 살찌운다. 정말이다. 나는 하루 종일 양배추 쪼가리를 조금씩 물어뜯었고, 그녀가 돌아왔을 때쯤에는 아무것도 남아 있지 않았다. 나는 아내가 부엌으로 가 매일 밤 찬장과 냉장고를 조사하고, 빈자리만큼 내 배도 불렀을 거라고 생각할 것임을 잘 알고 있다. 서로 얼굴을 본 지도 어언 몇 개월이 지났다. 암사자와 들소가 대면하는 사태만큼은 피하자는 것이다. 그 여자의 머릿속에 도대체 무슨 생각이 들어 있는지 난 정말 모르겠다. 내가 자신의 정체를 밝혀냈기 때문에 이토록 날 증오하는지도 모르겠다. 내가 죽기만을 바라고 있지만 직접 그 죽음을 선사할 용기는 없는 것인지도 모른다. 그저 휴가 한번 떠나면 그만일 텐데! 7월 무렵 방치되었다가 8월 말경, 절반은 부패된 상태로 우리 안에서 발견되는 토끼가 얼마나 많은가? 찬장이 비어 있다면, 내가 생존할 가망성은 아주 희박하다.

2

"이건 어떤 것 같아?"

나는 노란색과 양홍색 실로 엉성하게 짜놓아 뱃사람이

보면 금방 멀미라도 할 것 같은 조악한 싸구려 양탄자를 손가락으로 가리켰다.

"거실 바닥에 깔아놓으면 잘 어울릴 것 같은데."

그녀가 그보다 더 심각할 수는 없을 정도로 진지하게 대답했다.

나는 몇 주 전부터 수차례에 걸쳐 아내를 테스트하고 있었다. 아내는 내가 자기를 의심한다는 사실을 전혀 몰랐고, 나는 행여 마음속 생각이 드러날까 신중을 기해 행동했다. 그렇다고 해도 내 인생의 그 시기를 떠올릴 때면 나는 또 다른 그녀에 대해 생각하는 편이 더 즐겁다. 기왕이면 좀더 교활하고, 좀더 치밀하고, 좀더 귀여운 그녀를. 또다른 그녀는 눈빛 속에 숨은 늦, 억양에 엿보이는 위선, 행동을 통해 드러나는 사악함 등 그 무엇이든 다 알아차릴 수 있었다! 나는 더이상 예전과 똑같은 내가 아니었고, 그랬기에 사랑에 빠진 그녀는 즉시 그 사실을 간파했을 것이다. 우리 부부는 일본 음식을 끔찍이도 싫어한다. 그런데 내가 초밥을 실컷 먹기 시작했다. 이유는 알 수 없지만 우리 부부는 말(馬)을 끔찍이도 무서워한다. 그런데 내가 토요일마다 멍청하기 짝이 없는 그 네발짐승 위에 올라타 목숨을 거는 위험을 자초했다. 아내는 생선회와 신선한 염소

젖 치즈를 좋아하기 시작했다. 우리 두 사람은 젓가락을 들고 다투기도 하고, 늙은 말을 보면 무서워서가 아니라 불쌍해서 허리가 끊어져라 웃을 정도로 익살이 넘치는 사람들이었다. 나는 그녀가 누그러지기만을 기다렸지만 그녀는 꿋꿋했다. 세상에, 어찌나 잘 버티는지 웃는 모습이 꼭 형편없는 말 등짝에 올라탄 정신나간 사람 같았다. 가끔은 그런 모습만으로도 내 의혹을 흩날려버리기에 충분했다. 그리고 살아오면서 내 엉덩이가 가장 아팠던 때가 바로 그때였다.

세상에 이럴 수가! 방금 누운 채로 오줌을 지리고 말았다. 요강으로 사용하는 낡은 깡통에 미처 손을 뻗지 못했다. 할머니, 죄송합니다! 나는 마치 나쁜 짓을 저지르고 기가 죽은 어린아이처럼 생리현상에 굴복하고 말았다. 내 거처에 깔린 카펫이 이런 피해를 입는 경우가 처음은 아니다. 치욕스러운 일까지 일일이 기록하는 게 수치스럽긴 하지만, 이런 엿 같은 상황에서 벌어지는 아주 하찮고 시시콜콜한 일일지라도 아무런 언급 없이 넘어가버리면 사람들이 내 말을 더이상 믿지 않을 것 같다는 생각이 든다. 그렇다, 나는 이제 막 모습을 드러낸 어둠 속에서 팬티를 오줌으로 흠뻑 적신 채 울고 있다. 기저귀에 오줌을 싸면 딸꾹질을 하는 신생아처럼 딸꾹질을 하고, 코에는 콧물을 주렁주렁 매단 채로…… 눈물 한 방울 한 방울은 내게 남아 있는 생존본능을 조금씩 조금씩 잠재우고 있다.

의심은 어느 날 아침 불현듯 모습을 드러냈다. 그날 아침, 그 추운 날 아침, 깃털 이불 속에 가만히 드러누워 있었다면 내가 지금 이 상태로 지내고 있을까? 최악의 상황은 피할 수 있지 않았을까? 만일 그날 아침 늘어지게 늦잠이나 한번 자보자고 마음먹었다면 내가 지금 이 상태로 지내고 있을까? 그날 아침, 그 추운 날 아침 부엌에서 난 아내에게 아이를 갖자는 말을 꺼냈다. 그녀는 내가 아이를 원치 않는다고 알고 있었다.

아하, 벌써 나라는 사람이 싫어지시는 모양이군. 아이를 원치 않는 남자라니! 42킬로그램, 방금 전까지만 해도 당신들의 마음을 아프게 했던—솔직히 자백하시지!—그 빈약한 몸, 결국 당신들은 아이를 원치 않는 남자는 몸무게가 42킬로그램만 나가도 괜찮다고 생각하는 것인가? 아니, 그래도 싸다고 말하는 것인가?

신장이 1미터 20센티미터가 안 되는 사람들을 보면 항상 마음이 편치 않았다. 나로서도 어쩔 수 없는 일이지만, 신장이 2미터 10센티미터가 넘는 거구보다 어린아이나 왜소증 환자 들을 보면 나는 끔찍한 공포감에 사로잡힌다. 도끼나 사냥용 칼을 양손에 거머쥔 사람이 내 앞에 있다 해도 내 선택은 마찬가지이다. 나는 단신(短身)의 인간들에게서 도망가기 위해 그 사람의 팔에 기꺼이 안길 것이다. 언젠가 그 키 작은 인간들이 내 신장을 추월할 것이란 사실을, 그것도 훌쩍 넘어버릴 거란 사실을 이미 알고 있기 때문일까? 내 키는 1미터에 30센티미터를 더한 수치이다. 세 살배기 아이도 나를 위협할 수 있을 것이다.

　나는 밤마다 공포스러운 장면에 시달린다. 어린이집 혹은 유아방이 내 위로 무너져내리더니 누군가가 딸랑이로 나를 흠씬 두들겨패더니만, 팬티형 기저귀를 찬 아이들 한 부대가 두 다리 없이 유모차에 앉은 사람을 따라 움직이며 나를 짓뭉개고 마침내는 아예 납작한 카펫처럼 밟아 눌렀다. 다리 잘린 사람의 광대 같은 머리는 인간의 미소라고 하기엔 너무나 비대한 그 비웃는 듯한 미소, 이빨에 허연 크림을 잔뜩 묻힌 듯한 그 미소만 아니었다면 그런대로 괜찮을 수도 있었다. 한편, 아이들은 작고 포동포동한 두 다리로 어울리지도 않게 군인처럼 행군을 하고 있었다.

분명한 것은 비록 내가 원했다 하더라도 난 아이를 가질 수 없었을 거라는 사실이다.

어쨌든 그날 아침, 침대에 누워 있었더라면 지금의 이 신세만큼은 면할 수 있었을지도 모를 그날 아침, 내가 아내에게 아이를 갖자고 제의한 것은 분명한 사실이다. 아이 갖기 싫어하기는 그녀 역시 마찬가지였다.

"아이를 낳기 위해 사는 사람들도 있지만 그렇지 않은 사람들도 있어. 다행인 것은 나는 내가 어느 부류의 사람인지 정확히 알고 있다는 거지."

하지만 그날 아침, 차라리 깃털 이불 속에서 질식사하는 것이 나았을지도 모를 그날 아침, 바로 그날 아침이었다.

"알았어."

절단용 널빤지 하나가 내 맨발 위에 떨어지고 말았다. 긍정적인 기분전환이 일어났다. 응급실에서 아내가 서류를 작성하는 동안 나는 기다리라는 지시를 받고 휠체어에 앉아 그녀를 살폈다. 그렇다, 나는 키가 1미터 30센티미터에 불과하다. 좋지 않은 징조다. 발가락뼈 몇 개가 으스러졌지만 나는 정면에 서 있는 그 사람을 신경 쓰느라 정신이 없었다. 접수대에서 서류를 작성하고 있는 그 사람, 내가 모르는 그 사람. 그래서 산산조각 난 발에 대해서는 거의 생각도 못 하고 있었다.

　의심이라는 것은 작지만 아주 고약한 파충류 같다. 그저 손가락 한 군데만 물렸을 뿐인데 가련하게도 온몸이 썩어버리게 된다.

　의심, 단 하나의 의심, 그날 아침처럼 아주 사소한 의심 하나, 차라리 보잉 747기의 앞대가리가 내 방 창문을 뚫고 들어와 나와 내 깃털 이불을 걸레조각으로 만들어버리는 게 더 나았을 바로 그날 아침, 사소한 의심 하나 때문에 서 푼짜리 믿음마저 통째로 사라져버렸다.

　"알았어."

　이 한 마디 말은 내가 몇 년에 걸쳐 그녀라는 받침돌 위에 쌓아올린 모든 것을 뒤흔들기에 충분했다. 거품으로 만든 받침돌 위에 올려진 청동상이라니. 응급실 접수대에 서 있던 그 젊은 여인, 도자기처럼 미끈한 어깨, 아찔한 곡선미, 목덜미, 오 세상에, 솜털로 시작해 자연스레 머리칼로 이어지는 목덜미 사이의 옴폭 파인 골, 모든 것이 내 손아귀를 빠져나가는 것 같았고, 나는 내 두 손으로 그 머리를 붙잡고 그녀가 영원히 나를 떠나지 않을 거라는 확신이 들 때까지 잡아당기고 또 잡아당기고 싶은 생각밖에 없었다. 손가락으로 그 머리카락을 휘어감고 평생을 질질 끌고 다니리니, 그렇게 머리채를 휘어잡힌 상태로는 천연덕스럽게 "알았어"라고 대답하지 못할 것이며, 모든 걸 포기할 수도 있을 것이다.

나는 한쪽 발을 움직이지 못한 채 두 주 동안 병상에 누워 있었다. 머지않아 내게 닥칠 일의 잔인한 전조였다고 해야 할까. 그 기간 동안 아내는 내게 전적으로 유모 같은 존재였다. 아내에게 단지 아이만 갖자고 얘기했던 것이 아니라, 나 자신이 그녀의 아이가 되겠다고 얘기했던 것 같다. 그뒤로 우리 두 사람은 내가 병석에 눕게 된 일이 어떤 결과를 가져왔는지에 대해 전혀 언급하지 않았다. 마치 아무 일도 일어나지 않았던 것처럼 단 한 마디 말도…… 솔직히 내가 꿈을 꾸었던 것은 아닐까 하는 생각이 들 정도다.

3

지금은 대략 새벽 네시쯤 되었을 것이다. 내가 확신할 수 있는 것은 아무것도 없다. 시간이라는 것은 여타 문명의 사치스런 장식물처럼 내가 누릴 수 없는 것에 속한다. 그저 시간을 추정해볼 수 있는 몇 가지 단서에 만족할 뿐이다. 인근에 초등학교가 있다. 아침 여덟시 반에 첫번째 종이 울린다. 두번째는 열한시 반, 그 다음에는 한시 반, 그리고 네시 반에 울린다. 나는 굳이 근처에 학교가 있다는 사실을 떠올리려 하지는 않는다. 그곳에는 키가 1미터 20센티미터도 안 되는 단신족들이 득실거리기 때문이다. 제발 아이들이 공포에 떨고 있는 내 존재를 지금처럼 모르고 지나가주기만을 바랄 뿐이다. 그 아이들이 불시에 내 거처를 급습한다면 나는 아마 까무러칠지도 모른다. 우리집 맞은편에는 어떤 남자가 산다. 그는 퇴근하고 집에 돌아와서는 마누라와 강아지 그리고 '빌리'라는 인물에게 욕을 퍼붓는다. 내 계산에 따르면 욕지거리가 들려오는 시간은 대략 저녁 일곱시나 일곱시 십오분쯤이다. 해가 뜨고 지는 시간 같은 것은 굳이 계산하려 들지도 않는다. 당신들은 낮이 밤에게 자리를 내주는 정확한 순간을 목격한 적이 있는가? 지금은 거의 낮이다. 뭐, 조금 지났을 수는 있겠다. 아니, 조금 어두운 편에 가깝다. 중요한 건 사물을 완벽하게 식별할 수 있다는 것이다. 그보다 조금 더 어두워지고, 다시 조금 더 어두워진다. 이제 어둠이 깔린다. 조금씩, 시나브로 어둠이 깔리고, 어둠이 내려앉는다. 이젠 밤인가? 천만의 말씀! 낮과 밤 사이의 경계에서 몇십여 분이란 시간이 길을 잃고 헤매고 있는데, 이건 정말 성실하지 못한 일 아닌가. 그 몇십여 분의 시간은, 그러니까 석양이 화장실 변기 뚜껑 위에 걸터앉은 한 남자의 엉덩이에 남아 있는 거미에 물린 두 개의 이빨자국처럼 둘씩 짝을 지어 고운 백사장에 엉덩이를 처박고 앉아 먼바다를 바라보는 행복한 바보들을 위한답시고 저무는 중간 시간대를 뛰어넘는다. 그래서 하는 말인데, 태양이라는 녀석, 그 녀석이 단박에 줄행랑을 치든 썩 꺼지든 내 알 바 아니다. 이런 식으로 어슬렁거려봐야 나한테는 아무런 도움도 되지 않는다. 일출? 그런 얘긴 꺼내지도 마시라. 사실 인간들이 태양이 뜨고 지는 리듬에 따라 잠을 자고 일어난다면, 인생 대부분의 시간을 침대 가두리에서 보내게 될 것이다.

4

어림짐작해볼 때, 지금 시각은 대략 네시나 네시 십오분쯤 되었을 것이다. 머리가 아주 맑아지는 시간의 대부분을 침대에 누워 보내게 된 후로 내 수면 시간은 현격하게 줄어들었다. 나는 기다린다. 부엌문 특유의 삐걱거리는 소리가 들리기를 기다리고, 복도의 마루판이 밟히며 내는 소리를 기다리고, 가끔씩 저 방문 뒤에서 나는 불규칙적이고 거친 숨소리가 들려오기를 기다린다. 화장실 물이 내려가는 소리를 기다리고, 그녀의 코고는 소리가 들려오기를 기다린다. 그녀가 꿈을 꾸면서 혼자 중얼거리는 소리를 기다리고, 어둠 속에서 혼자 걷다 어딘가에 부딪힐 때 내뱉는 욕설을 기다린다. 나는 그녀가 후회하기를 기다린다. 그녀가 우리 두 사람을 3년 전으로 되돌려주기를 기다리고, 말 한 마디로 모든 것을 파괴한 것처럼 말 한 마디로 모든 것을 되살리기를 기다린다. 하지만 동시에 시체가 일어나 걷기를 기다리고, 개가 인간의 언어로 말하기를 기다리고, 내 이름이 성인(聖人)의 반열에 오르기를 기다리고, 마지막으로 내 의지가 관철되기를 기다리기도 한다.

　우리 부부가 마지막으로 얼굴을 마주한 것이 아마 작년 10월 15일경이었을 것이다…… 그러고 보니 우리가 얼굴을 보지 않고 지낸 지 1년이 훌쩍 넘었다. 아내는 10여 킬로그램 정도 몸이 불었고 머리는 짧게 쳐올렸다. 하얀 살결은 여전히 매끈해 보인다. 그걸 어떻게 아냐고 묻고 싶은가? 그거야 당연하다. 그녀를 한 번 보기만 하면 살결이 여전히 매끈하다는 사실쯤은 즉시 알 수 있지 않겠는가. 그녀를 보면, 단순히 그녀를 보기만 해도 거부할 수 없는 달콤함에 내 손가락 끝이 부르르 떨린다. 살짝 벌어진 음부를 보는 것만으로도 성기 주변이 축축한 열기로 달아오르는 것처럼 말이다.

나는 부엌 찬장 문고리에 처량하게 매달린 채 초라한 전리품에 불과한 살코기 한 점 없는 치킨수프가 담긴 정사각형 용기를 입에 물고 있었다. 하지만 그녀가 부엌문을 열고 들어오는 순간, 찬장 문고리가 휘어지고 말았다. 어리병병해하는 우리의 시선이 서로 교차하던 그 순간, 문고리는 내 체중을 못 이기고 결국 부러지고 말았다. 빌어먹을! 찬장보다도 가벼운 나였건만! 나는 얼굴을 바닥으로 향한 채 입 안에 닭고기 맛을 느끼며 쓰러지고 말았다.

부엌에 널브러져 있는 한 남자. 야윈 몸뚱어리에 붙은 양팔을 활짝 벌리고 한쪽 손으로는 스테인리스 재질의 문고리를 붙잡은 채로. 머리는 싸늘한 타일바닥에 붙인 채두 눈을 크게 뜨고 눈동자 하나 움직이지 않는 상태로. 상대는 마리오네트*에 연결된 끈을 누가 붙들고 있는지 살

* 사람이 조종하는 꼭두각시 인형.

핀다. 이런, 제페토 영감! 당신이 만든 피노키오는 왜 코가 커지지 않는 거냐고! 가련한 인간아, 당신이 만든 나무 인형은 살았는지 죽었는지 생기가 없어! 정말이라고! 그렇다, 내 심장은 박동을 멈추었고 눈꺼풀의 움직임도 정지했다. 아내는 앞으로 걸어가려던 동작에서 걸음을 멈춘 채 다리 하나를 허공에 붕 띄우고 턱은 나를 향하고 있었다. 자칫하면 당신들과 내 아내 그리고 나를 포함한 모든 사람을 홍학 빛깔 장미색의 호수로 데려가고, 내 이야기를 바꾸고, 내 삶을 바꾸고, 주둥이로 나를 가리키며 가만히 앉아 나를 바라보고 있는 그 커다란 날짐승에 대해 당신들에게 이야기하고, 아프리카에 대해 이야기하고, 그 대자연에 서식하는 날짐승의 세계, 저 하늘 높이 날며 인생에 점묘법의 중요성을 덧씌워주는 그 커다란 분홍색 새들에 대해 이야기하고, 그 짐승들이 낚시를 하는 법, 새끼를 키우는 법, 아무것도 아닌 일에도 행복해하는 법, 삶을 사랑하는 법, 사랑하는 것을 사랑하는 법에 대해 이야기할 뻔했다. 그러나 내 앞에 서 있는 저 육중한 덩치는 자신이 처한 상황이 그다지 마음에 들지 않은 모양이다. 뿐만 아니라 나를 향해 욕지거리를 내뱉고 있다.

　문제는 언제나 뜬금없이 문을 열고 우리가 현실에서 벗

어나려는 순간을 방해하는 족속들이 있다는 것이다.

그녀가 나를 향해 퍼부어대는 욕설과 단어 들은 악마한 테 빌려 쓰기도 민망할 만큼 끔찍하다. 하기야 아내가 그 정도의 상상력을 지니고 있으리란 건 익히 짐작하고 있었 다. 경탄할 만하다.

"남창 짓이나 할 저질 쓰레기, 썩어 문드러진 이 가련한 화상아!"

나도 당신을 끔찍이 사랑해, 여보.

5

어머니를 떠올려본다. 아버지를 생각해본다. 사촌들, 직 장동료들의 얼굴을 그려본다. 그들을 못 보고 지낸 지 3년 째다. 내 은행 업무를 담당해주던 직원, 자주 가던 꽃집 점 원, 건물 경비원을 생각한다. 우편물을 배달해주는 집배 원도 빼먹을 수 없지. 작은 공원 벤치에 앉아 항상 한 손에 1리터들이 와인 병을 쥐고 시간을 보내던 지저분한 노숙 자를 떠올린다. 바 뒤편에 앉아 있을 레미와 어느 화창한 날 분쇄기에 끼어 날아가버린 그 친구의 가운뎃손가락을 생각한다. 오른손 가운뎃손가락을 치켜세우며 쌍욕을 할 수 없을 때마다 그 친구가 느끼는 분노를 떠올려본다. 가운뎃손가락 대신에 집게손가락을 치켜세우지만 그건 어린아이들을 위협하는 정도로밖에 보이지 않는다. 동네 빵집 주인과 위생상태가 심히 의심스러웠던 그의 커다란 손을 떠올려보고, 내가 주문한 크루아상을 만지기 전에 먼저 나에게 손을 보여달라고 말하고 싶었던 욕구를 떠올려본다. 내 삶의 일부였음에도 불구하고 내가 삶에서 언제나 배제시켰던 그 사람들을 생각해본다. 레미가 나를 향해 집게손가락을 들어올려 손가락감자를 해주기만 한다면 내 팔 한쪽이라도 떼어주고 싶다. 다시 어머니 생각이 난다. 어머니도 내 생각을 하시려나?

빌어먹을 여편네가 두 분한테 가서 도대체 무슨 이야기를 늘어놓았을지 알 길이 없다. 내가 사라져버린 그럴싸한 이유를 둘러대야 했을 것이다. 비극적인 사고를 꾸며대고 내 장례식을 치른 뒤 벌써 내 재산까지 상속해갔을지도 모를 일이다. 그 여자가 세상에서 못 할 짓이 뭐가 있을까 싶을 정도다. 가사도우미로 일하는 젊은 영국 아가씨와 바람이 나서 한 마디 말도 없이 헌신짝 버리듯 자기를 내팽개치고 도망갔다고 나를 비난했을지도 모른다.

"더이상 저를 사랑하지 않기 때문에 딴살림을 차린 거예요. 부부로서의 우리 관계가 이젠 싫어진 거라고요. 딴살림을 차렸을 뿐만 아니라, 장담하건대 아예 이름까지 바꿨을 거예요. 영원히 자기를 찾지 못하도록 말이에요."

우리 어머니 목에 매달려 대성통곡을 하고, 어머니 옷깃에 코를 풀고 주름이 잔뜩 진 어머니의 손을 꽉 붙잡았을 그녀의 모습이 그려진다. 어머니! 아마도 아내는 작정한 듯 장황한 이야기를 어머니께 늘어놓았을 것이고, 그 덕에 난 영영 하늘나라로 가버린 사람이 되었을 것이다. 게다가 불쌍한 어머니는 그 말을 곧이곧대로 믿으셨을 것이고. 홈쇼핑 좀 그만 하세요, 어머니! 잡지에 나오는 쓸데없는 물건에도 관심 좀 끊으시고요! 타파웨어*니 웨이트워처스**니 그런 쓰잘데기없는 모임에도 더이상 나가지 마시라고요! 벌써 몇 번을 말씀드렸어요. 그렇게 여기저기 다 쫓아다니시다보면 판단력이 흐려진다고요. 그런 모임에 정신을 팔고 계시니 저 여편네가 어머니 옷자락에 코를 풀고,

* 1964년 설립된 미국의 밀폐용기 제조회사로, 제품을 사용해본 소비자들을 전면에 내세워 제품의 우수성을 입소문을 통해 알리는 방식, 일명 타파웨어 모임을 통해 고객을 늘려나간 것으로 유명하다.
** Weight Watchers. 미국 최대의 다이어트 기업. 고객들에게 맞춤형 온라인 다이어트 프로그램을 제공해 많은 인기를 얻고 있다.

어머니는 그렇게 하도록 그냥 내버려두시는 거 아니에요. 그런 모임에 정신을 팔고 계시니 제가 사라져버렸다고 눈물이나 흘리시며 텅 빈 제 관에 젖은 흙 한 줌 뿌리시는 거 아니에요.

6

나는 시에 고용된 직원이었다. 내가 하는 일은 시내의 건물 지붕이 안전한지를 확인하는 일이었다. 사람들이 지붕에서 굴러떨어지는 사고를 막는 게 내 일이었다. 무슨 이유인지는 몰라도 부모가 지붕에 내다버린 세 살배기 아이가 높이와 폭, 수평을 비롯해 대략 열다섯 가지의 규정에 위배되는 난간에서 혼자 기어내려오는 일이 없도록 해야 했다. 내가 완수해야 했던 가장 이상한 임무는 지붕에 사용된 자재의 거칠기 정도를 주기적으로 확인하는 일이었다. 구체적으로 말하자면 건물의 코니스[*]로 올라가서 밑창이 닳아빠진 신발을 끌며 10여 미터 정도를 움직이는

---

* 건물의 기둥 꼭대기에 얹힌 수평 돌출부.

일이다. 코니스 타기는 내가 작업할 때마다 사용하는 계측 기구를 짊어지고 다니는 동료에게도 할당되어야 했지만, 그 친구는 현기증이 아주 심하다며 난간에서 2미터 거리까지 다가가는 일도 한사코 거부했다. 그 친구는 입사면접 때 자신의 내이(內耳)는 지극히 정상이라고—내이라는 게 뭔지 알고는 있었을까?—거짓말을 했다. 아마 사람들이 들어본 적도 없는 이름을 듣고는 '물론이죠, 그 작곡가는 저도 잘 압니다'라고 대답하는 것처럼 '아닙니다, 제 내이는 아무 문제 없습니다'라고 대답했을 것이다. 그렇게 우리에게 허무맹랑한 거짓말을 이끌어내는 사람들이 있다. 그리고 그 순간이 닥치면 사람들은 대화가 다른 방향으로 흘러가기만을 간절히 기도한다. 나는 그 친구에게 현기증이 있다는 사실을 고발할 용기는 없었다. 그 가엾은 친구는 내가 자기를 놀리며 줄타기 곡예를 하듯 지붕 위를 오갈 때마다 바지에 오줌을 싸곤 했다. 그런 바보짓이 정도를 지나친 적도 종종 있었다. 그럴 때면 그 바보 같은 녀석은 펑펑 울기 직전까지 갔다. 그렇다, 평범한 시민이 허공으로 떨어지는 일이 없도록 우리는 정확한 측정을 하면 되었다. 누군가가 뒤에서 밀어버리는 일만 없다면 말이다. 나는 확실히 업무에 관해서만큼은 과실을 범한 적이 한 번도 없다. 안전하다고 확인된 지붕에서 사람이 뛰어내려 자살한 경우 그 사건에 대해 책임은 없지만 그런 사건이 일어날 때마다 통보를 받았다. 내가 안전을 확인한 지붕에서 절망에 빠진 누군가가 투신을 할 때마다 마치 가족에게 소식을 알리듯 내게도 관련 사실이 통보되었다.

"저희 의료진은 최선을 다했습니다만, 내출혈이 워낙 심했습니다."

자살미수 건이라 해도 사정은 마찬가지다. 다음날 아침이면 자살하려 했던 사람에 관한 서류가 사무실에서 나를 기다리고 있다. 왜냐고? 그건 나도 정말 모른다. 솔직히 말하면 감정도 없는 인간쓰레기 취급을 받을까 두려워, 지붕에서 뛰어내린 실패한 인생들과 내가 도대체 무슨 관계가 있다는 건지 차마 물어보지 못했다.

7

내가 좋아하는 누군가가 죽을 수도 있겠지만, 아내는 내게 그 사실을 알려주지 않을 것이다. 내가 좋아하는 누군가가 이미 죽었을 수도 있다. 하지만 나는 전혀 모른다. 강요된 무지는 정말이지 끔찍하고 고통스럽다. 지난 3년간 나는 바깥세상 돌아가는 소식을 전혀 접하지 못했다. TV는 갖다 버렸고, 라디오는 박살을 냈으며, 구독하던 잡지도 모조리 끊어버렸다. 전화기는 물에 담가버렸고, 창문도 모조리 폐쇄했다.

도대체가 편의라고는 봐주는 법이 없다.

처음 얼마간은 이곳에서 벗어날 방법을 찾을 수 있을 거라고 생각했다. 어느 화창한 날, 그녀가 외출하면서 문 잠그는 걸 깜빡하는 날이 올 거라고. 나는 복도를 기어나가는 내 모습을, 이웃집 문을 두드리는 내 모습을 그려보았다. 그것도 한참 동안이나. 왜냐하면 이웃집에서 문구멍을 통해 내다보아도 내가 보이지 않기 때문이다. 당연하지 않겠는가. 하지만 마침내는 문을 열어볼 것이고, 나는 그에게 모든 것을 털어놓으리라. 두려움, 광기, 굶주림 등 모든 것을. 그러면 그가 나를 안아주고 진정시켜주고 달래주며 모든 게 끝났다고, 다시는 그곳으로 돌아갈 필요 없다고, 그 여자는 더이상 나쁜 짓을 하지 못할 거라고, 장담하건대 당신은 조만간 다시 일어날 수 있을 거라고, 그 여자는 다시는 어머니 목에 매달려 울지 못할 거라고, 레미가 집게손가락으로 손가락감자를 보여줄 거라고 나에게 말해줄 것이다.

그러나 그 여자는 문 잠그는 일을 절대로 잊은 적이 없다.

그녀의 그런 성격에 끌리긴 했었다. 절대로 무언가를 잊
는 법이 없는 여자. 아내는 기념일을 절대 잊지 않는다. 벌
금 내는 일 역시 절대 잊지 않는다. 그리고 문 잠그는 일도
결코 잊는 법이 없다. 단 한 번도.

도움을 호소하는 외침은 오래전에 그만두었다. 나는 온
통 귀머거리들에 둘러싸여 살고 있다. 아래층에는 팔순 노
인 두 명이 매일 아침 스크래블* 단어 조각을 호주머니에
쑤셔넣은 다음 노란색 완행열차처럼 느린 대화를 손바닥
위에 펼쳐 보이며 지낸다. 옆집에서는 댄서이자 마사지사
이며 광대 일까지 겸하는 난청의 여성이 작가가 되기 위해
열심히 노력하고 있다. 그러니 성대를 혹사시켜봐야 무슨
소용이 있겠는가. 그건 아니다. 내 손으로 이곳에서 빠져
나가겠다는 생각은 깨끗이 포기했다. 나는 다른 이들에게
로 희망을 넘겼다. 그게 누구든 상관없다. 도둑이든 경비
원이든 성난 내연남이든 혹은 그녀든. 아내가 내 희망을
이루어주지 못한다는 법도 없지 않은가? 조만간 그녀도

---

* 한 단어의 철자를 뒤섞어놓고 그 뜻을 알아맞히는 게임.

지금 같은 생활에 염증을 느끼게 될 것이다. 게다가 혹시 죽을 수도 있지 않은가! 그녀의 죽음은 내가 전혀 모르는 그녀의 어머니를 이 집 안으로 불러들일 것이고, 마찬가지로 전혀 모르는 그녀의 아버지를 비롯해 단 한 번도 본 적 없는 자매들을 불러들일 것이다! 이런 세상에! 아내는 언제나 가족들과 사이가 좋지 않다고 말해왔는데, 과연 가족들이 있기는 한 걸까? 어떻게 난 그녀가 자기 가족들에 대해 거짓말을 하는 건 아닌지 단 한 번도 따져보지 않은 걸까? 이 여자는 정말 누구란 말인가? 아, 이럴 수가, 정말 누구, 누구, 누구란 말인가! 그녀는 내 아내다. 이 집의 주인마님. 그 빌어먹을 쌍년은 바로 당신 부인이오, 선생. 아, 그래요, 감사합니다. 다음에 그녀를 다시 만나면 그 말을 꼭 전해드리겠습니다.

그런데 그 여자를 만났다! 지금 막 그 여자를 만난 것이다! 지금은 4월이고—4월인 것 같다—난 아내와 마주쳤다. 엄밀히 말하자면 내가 비데에 머리를 처박고 있는 현장을 그녀가 포착했다. 말이야 바른 말이지 나도 씻고는 살아야 할 것 아닙니까! 설마 내가 손을 뻗으면 샤워꼭지를 붙잡을 수 있다고 생각하는 거요? 빌어먹을! 큰 볼일은 요강에 해결한단 말입니다! 미안합니다, 아니, 정말 죄송

합니다. 잊으셨나보군요. 한 귀로 흘리셨나보군요. 그렇다
고 제가 어찌 여러분을 탓하겠습니까. 저 같은 상태로 지
내는 사람이 어디 흔하겠습니까. 그 점 저도 인정합니다.
저는 여러분이 제 신체적 상황에 대해 절대로 잊지 않으시
도록 필요한 조치를 모두 취하겠습니다. 약속드립니다.

나는 바닥에 들러붙어 산다고! 그 사실을 머릿속에 쑤
셔박든가 아니면 이 글을 읽지 말고 집어치우든가 하란 말
이다, 이 인간들아! 당신들이 남 얘기에 전혀 귀를 기울이
지 않는 종자라면 이 글을 읽어봐야 무슨 의미가 있겠느냔
말이다.

그렇다, 나는 비데에 머리를 쑤셔박고 있었다. 거기까지
가서 머리를 들고 일어서는 것도 내겐 초인적인 노력이 필
요한 행위였다. 아내는 소리도 없이 들이닥쳐서는 딱 한순
간 나를 쳐다보았다. 찰나보다 짧은 그 시선, 나를 향한 그
파란 두 눈, 딱 한순간 마주친 그 파란 두 눈에서는 2천 년
간 고이 간직해온 남성을 향한 증오심과 나를 향한 변함없
는 반감이 느껴졌다. 도대체 내 사랑스런 자기한테 무슨
일이 있었던 걸까? 삼촌한테 성폭행을 당한 걸까? 직장동
료와 심하게 싸운 걸까? 못된 인간한테 사기를 당한 걸
까? 남자친구한테 배신을 당한 걸까? 도대체 내 사랑스러

운 자기, 내 귀여운 어린 양이 무슨 고통을 겪었던 것인가? 컴컴하고 축축한 지하실에 갇혀 쥐들과 함께 자고 거미를 잡아먹으면서 자란 걸까? 내가 고함을 질렀던 것처럼 아내도 도움을 청하며 고함을 질렀을까? 내가 그랬듯이 아내도 소변바다에서 뒹굴며 눈물을 흘렸을까? 내 사랑, 이렇게 잔인한 복수를 할 정도니 당신은 이보다 더 사악한 경험을 했을 거야. 하지만 내 사랑, 당신은 번지수를 잘못 짚었어. 당신을 때린 사람은 내가 아니잖아. 난 당신을 강간한 적도 없고, 당신을 가두지도 않았잖아. 내 사랑, 과거를 돌이켜봐. 내가 당신을 고통스럽게 한 적 있어? 난 당신에게 음흉한 팔을 뻗은 삼촌도 아니고, 당신의 가녀린 몸에 발길질을 퍼부은 직장동료도 아니고, 당신의 발톱을 물어뜯은 쥐새끼도 아니야. 난 당신에게 인생을 건 남자, '자, 내 마음을 가져. 그 마음을 애지중지 아껴주든 보듬어주든 짓밟든 하고 싶은 대로 해. 내 마음은 당신 거야'라고 말한 그 남자라고. 그런데 당신은 정말로 그 마음을 짓밟아버렸어, 빌어먹을 년. 내가 그렇게 말했다고 정말로 모든 걸 짓밟아버렸어. 그냥 말이 그렇다는 거였지, 그것도 몰라?

나를 향한 아내의 시선이 조금만 더 지속되었다면 나는

아마 비데에 빠져 익사했을 것이다. 나는 다시 내 방으로 돌아와 자위를 했다. 3년 만에 처음 하는 행위였다. 아내를 생각하며. 그녀는 전에 비해 7, 8킬로그램 정도 더 불었고, 나는 정동석 같던 그녀의 엉덩이를 떠올리며 용두질을 했다.

8

사태가 이런 식으로 전개될 리는 없다. 내 인생이 이런 식으로 진행될 리는 없다. 이건 명백한 부당 행위다. 신의 뜻이라고? 그런 쓸데없는 소리는 제발 그만. 운명이라고? 행여나! 그럼 뭐지? 우연? 저 여편네처럼 미친 사람들은 거리를 활보하지 않는다. 내가 그녀를 처음 만난 날, 그녀는 내 영역을, 그러니까 우리 동네 길을 뛰고 있었다. 그녀는 난생 처음 뛰어보는 여자처럼 짧은 보폭으로, 옆구리 한쪽이 쑤시는 듯 고통에 짓눌린 표정으로, 어디로 가는지도 모르는 채 뛰고 있었다. 혹시 근처 어딘가에 그녀의 어머니가 계시는지 묻고 싶을 정도로 안쓰러워 보였다. 나는 그녀의 뒤를 따라 뛰기 시작했다. 짧은 보폭으로. 어디로

가는지도 모르는 채. 나도 옆구리 한쪽이 아파오길 기다렸다. 그녀처럼 고통 속에 몸이 뒤틀리기를 기도했고, 그녀가 뛰다 넘어져 무릎이 까지기라도 하면 나 역시 똑같은 자리에서 내 무릎에 상처를 내겠다고 생각했다. 행여나 그녀가 교차로를 지나는 도중 자동차가 와서 치기라도 하면 나도 그 교차로를 건너갈 참이었다. 하지만 두 눈은 꼭 감고 건널 생각이었다. 내 모든 운을 시험해볼 요량으로. 그녀가 기침이라도 할라치면 나는 목이 따끔거릴 정도로 고통을 느꼈다.

　나는 그녀의 뒤를 따라 뛰었고, 그랬기에 먼저 그녀의 목덜미와 사랑에 빠지게 되었다. 다음으로 팔을 구부릴 때 팔꿈치 부위에 생기는 오목한 자국과 사랑에 빠졌다. 그리고 한 발을 내디딜 때마다 사라졌다가 다음 한 발을 내디딜 때 다시 나타나며, 세상 그 어느 인용문과 비교해도 뒤지지 않는 훌륭한 허벅지 주변에서 깜빡이는 따옴표처럼 거부할 수 없는 두 줄의 홈을 보란 듯이 드러내 보이는 그녀의 무릎과 사랑에 빠졌다. 사실 그녀의 엉덩이에 매혹된 것은 그로부터 한참 후의 일이다. 그날은 그녀의 엉덩이가 시작되는 바로 윗부분, 핫팬츠의 고무밴드와 조금 짧아 보이는 티셔츠 자락 사이에 일부 여성들에겐 허리를 나타내는 작은 틈이 마치 고가의 보석 인증서처럼 패어 있었다.

결국 처음에 나는 그녀의 틈새만을 사랑했고, 그 틈새를 빠져나가는 공기만을 사랑했던 것이다. 바람과도 같은 세계. 무(無)의 세계. 나는 공허함과 사랑에 빠졌다.

나는 지금껏 예시라는 것에 그리 밝지 못했다.

그녀가 어느 건물 앞에 멈춰 섰다. 그리고 고개를 돌렸다. 그녀는 잠시, 아주 잠시 내 쪽으로 시선을 돌려 나를 바라보았다. 하지만 그때 그 짧은 순간 동안 그녀의 파란 두 눈에는 2천 년간 간직해온 남자를 향한 동정과 연민이 서려 있었다. 나를 향한 영원한 사랑. 그녀의 시선이 조금만 더 지속되었다면 나는 아마 보도블록에서 사랑에 빠져 죽었을 것이다. 나는 집으로 돌아와 자위를 했다. 그녀를 생각하면서. 그녀는 세상에서 가장 아름다운 여인이었고, 나는 공중정원처럼 그녀의 몸에 달려 있는 작은 틈새를 눈앞에 그리며 용두질을 했다.

9

이렇게 배가 고플 수가. 빌어먹을 여편네는 주말 내내 집에 틀어박혀 있다. 내가 비축해놓은 식량은 며칠 묵은 샌드위치 식빵 몇 조각이 전부다. 그나마 곰팡이 슨 부위를 뜯어내고 나면 배를 불리기엔 한계가 있다. 금요일 밤부터 일요일 밤까지 사흘 밤은 아무것도 먹지 않고 견디기엔 긴 시간이다. 너무 긴 시간. 몇 주 전만 해도 야간침투를 실행에 옮길 수 있었다. 그러나 얼마 전부터 아내는 일주일에 서너 번 정도는 아예 밤마다 부엌에 진을 치고 지냈다. 게다가 그녀의 시선을 더이상 견뎌내고 싶지 않다. 그 시선과 마주칠 때마다 나 자신이 점점 작아지고 있음을 확실히 느낀다. 그 시선과 마주칠 때마다 내 이성의 편린이 조금씩 증발해버린다. 하지만 난 미치지 않았다. 그건 내가 잘 알고 있다. 내가 미치지 않았다는 사실을. 아직까지는. 정신나간 여자, 정말이지 괴물 같은 여자야! 그녀의 시선은 내 확신을 뒤흔들어놓는다. 내 뇌가 하얀 벽면을 향해 우리가 사랑을 나누었던 장소들의 희뿌연 영상을 영사기처럼 비추어줄 때, 내 성기가 불끈 솟아올라 우리의 길고 긴 황홀경을 기념하는 깃발을 치켜세울 때, 그녀의 목소리의 메아리가 내 귓전을 때릴 때, 스물두 살의 나를 향해 던지는 그녀의 목소리, '나는 너를 원해. 지금의 너와 미래의 네 모든 모습을 원해'라고 했던 그녀의 말, 이런 빌어먹을! 그렇다, 난 의심하고 있다. 의심하고 있고 그걸 즐긴다. 왜냐하면 잠시나마 두 눈을 감고 내 삶이 될 뻔했던 순간을 병나발 불듯 마셔댈 수 있으니까. 아름다운 인생.

아름다운 인생. 나는 한시라도 빨리 아내가 출근해서 굶어죽지 않고 뭐라도 훔쳐먹을 순간을 기다리고 있다. 아름다운 인생. 한시라도 빨리 자물쇠 돌아가는 소리가 들려와 누워 있는 내 몸의 다섯 배 높이로 쌓여 있는 배설물 통을 변기에 쏟아붓게 될 순간만 기다리고 있다. 아름다운 인생.

학교 종이 울려 퍼진 지 족히 20분이 지났다. 당신 오늘 너무 꾸물대는 거 아니야? 당신답지 않아. 무슨 일이야? 입고 나갈 옷이 없는 건가? 그야 당연하지, 이 정신나간 여편네야. 38 사이즈에 당신 양쪽 허벅지가 들어가겠어? 그걸 생각해야지. 2인분의 밥을 꾸역꾸역 뱃속으로 처넣던 그 밤들을 말이야. 당신 몫 그리고 내 몫의 밥까지 처먹었으니, 결과적으로 내 체중의 두 배가 넘게 되었잖아. 논리적인 결과야.

여전히 아무 소리도 들리지 않는다. 아니, 오늘이 월요일이 아닌가? 날짜를 헤아리고 또다시 세어보았지만 오늘은 월요일이 맞다. 틀림없는 월요일. 바닥의 카펫을 찬란하게 수놓은 소변 흔적을 비추는 햇살만 보더라도 이상기후로 인한 천재지변은 일어나지 않았다. 인근 초등학교에서 150명의 꼬마들이 아우성을 치며 노는 소리가 들리는 걸로 보아 공무원들이 파업을 벌인 것도 아니다. 지진이 일어난 것도 아니다. 우리 동네에 소행성이 떨어진 것도 아니다. 은하계 정복이라는 꿈에 부푼 사악하고 키 작은 초록색 외계 생명체가 불시에 지구를 급습한 것도 아니다. 왜냐하면, 그런 일이 벌어졌다면 아내가 최소한 그 사실을 알려주는 배려심은 보여줄 것이기 때문이다. 그렇다면 전쟁이라도 벌어진 건가? 그렇다, 전쟁! 적들이여, 내 목숨을 당신들 손에 맡길 테니 알아서 처리하시오! 내게 욕을 하시오, 그러면 내 귀는 그 달콤한 속삭임에 전율할 것이오. 나를 고문하시오, 그러면 내 살결은 그 부드러운 손길에 흥분을 감추지 못할 것이오. 그리고 내 얼굴에 침을 뱉으시오, 그러면 그 타액은 자신의 온도 모르는 멍청한 젊은 녀석들의 몸을 달아오르게 만들기 위해 유니폼의 치마를 살짝 들어올리는 젊고 아리따운 영국 아가씨들의 입맞춤처럼 달콤하게 느껴질 것이오.

난 이제 죽었다. 아내가 앓아눕고 말았다.

나는 문에 귀를 바짝 가져다 대고 거의 15분이 넘도록 아내가 구역질하는 소리를 듣고 있었다. 이렇게 아까울 데가 또 있을까! 그녀는 방금 비타민이며 미네랄, 올리고당, 당엽, 지질, 단순 단백질 등의 영양분을 이 아파트의 거대한 창자에 쏟아내고 말았다. 그 정도의 양이면 아프리카의 어느 작은 나라 국민들을 영양실조에서 건져낼 수도 있을 텐데 말이다. 아니면 내가 원기를 회복하도록 만들어줄 수도 있었을 텐데. 구토 행위도 법에 저촉되는 행위로 간주해야 한다. 구토 행위는 지구상에 거주하는 인구 중 살이 피둥피둥 찐 절반이 그렇지 않은 나머지 절반에게 행하는 모욕과도 같기 때문이다. 간기능장애를 앓는 사람은 벌금형에, 폭식증에 시달리는 사람은 금고형에 처해야 할 것이다.

거친 숨소리가 들리는 걸로 보아 틀림없다. 아내는 고통스러워하고 있다. 그것도 이중고(二重苦)다. 우선 수 킬로그램에 달하는 소화도 안 된 음식물을 몇 시간 안에 위에서 게워낸다는 게 그리 쉽지만은 않은 일이기 때문이고, 다음으로는 자신이 음식물을 게워낼 때마다 즐거워하고, 자신이 눈물을 흘리며 울 때마다 박수를 치며 좋아할 주적(主敵)의 모습을 상상하고는 상당히 불쾌해졌기 때문이리라. 하지만 난 박수를 치지 않았다. 설마 내가 그런 짓을 하겠는가. 나는 이 상황이 웃을 일이라고 절대 생각하지 않는다. 욕실에서 자연을 거스르는 기이한 소리가 들려온다. 거대한 점액질로 뭉친 교향곡, 라디오 방송에서 흘러나오는, 매우 듣기 거북한 퀘벡 억양의 고함 소리마저 공포에 파르르 떨게 할 만큼 끔찍한 액체성 오페라. 아랫집, 윗집 및 옆집 사람들이 이미 난청 환자가 아니었다면 그들은 이 가공할 소음에 귀가 먹었을 것이다. 아내는 과연 얼마 동안 앓아누워 있을 것인가? 과연 얼마 동안이란 말인가? 굶주림에 지쳐 있을 때는 시간이 더디게 흐르는 법이다. 매 초가 죽음을 향해 한 발짝씩 다가가는 발걸음처럼 느껴지고, 1분이라는 시간이 세상에서 가장 견디기 힘든 공포로 다가온다. 저러다가 일주일 동안 앓아눕기라도 한다면? 그러면 난 어쩌란 말인가? 발가락이라도 잘라 구워 먹어야 하나? 카운터에 전화해서 간단한 아침식사라도 주문해야 하나? 스피드 래빗 피자 배달점에 전서구(傳書鳩)라도 날려보내야 하나? 내 위는 메뚜기 창자처럼 쪼그라든 데다 통통 튀고 있으며, 때로는 몸속 창자들을 집어삼키려는 듯한 느낌을 주기도 한다. 빌어먹을 녀석. 조용히 시키려고 몇 대 쥐어박기라도 하면 분노에 치를 떨며 으르렁거리기까지 한다. 이러다가는 며칠 내로 내 위가 되레 나를 잡아먹을지도 모를 일이다. 벽지 한 조각이면 만족하겠니? 깃털! 그래, 이불 속의 깃털은 어떨까? 그건 동물성이니 단백질이라도 들어 있을지 모르잖는가.

나는 나가야만 한다. 짐승처럼 내 집 바닥에 거죽만 남기고 사라져버리는 것으로 생을 마감하고 싶지 않다면, 계획을 세워서라도 저 염병할 부엌에 침투해야 한다. 당신들이 내 육신에서 뼈를 발라낸다면 내 살가죽은 아마 마룻바닥에 깔린 얼룩말 가죽 깔개만 할 것이다. 밖으로 나간다면 저 여자와 마주칠 가능성이 아주 크다. 당신들이 내 옆구리라도 두드린다면 끔찍한 소음을 만들어낼 수 있을 것이다. 내가 장담한다. 저 여자는 증오심으로 이글이글 불타는 시선으로 나를 노려보면서 내 면전에 별의별 욕설을

다 퍼부을 것이다. 심하면 옆구리를 발로 걷어찰 수도 있다. 그러기 위해 다리를 번쩍 들어올릴 필요도 없다. 갑자기 나를 짓밟고 지나가보고 싶다는 생각이 든다면, 당신들 역시 다리를 번쩍 들어올릴 필요가 없다. 발길질 세례 같은 건 아무래도 좋다. 나를 얼어붙게 만드는 건 바로 그 시선이다. 그 시선이 어떤지 당신들은 절대 알 수 없을 것이다. 그 시선은 파랗고 딱딱하며 묘석에 사용되는 대리석처럼 싸늘하고 그 아래에 있을 무엇처럼 끔찍하다. 그 시선과 마주치느니 차라리 먼저 죽어 무덤 속에 눕는 편이 나을 것이다. 이건 '당신'들에게 하는 말이다!

10

그녀는 일주일에 세 번 조깅을 했다. 점점 더 빠른 속도로. 점점 더 오랜 시간 동안. 그녀의 긴 보폭은 수 킬로미터에 달하는 축축한 아스팔트를 내달렸고, 그녀의 호흡은 자신이 점령한 지역을 순찰하는 맹수의 숨결처럼 일관성을 유지하고 있었다. 나는 지나가던 행인들이 공포에 떨며 뒤를 돌아보는 광경을 내 눈으로 목격했다. 그 호흡은 뭔가에 쫓기는 동물의 헐떡거림이나 미끄러운 보도블록의 가장자리로 갈까 하는 망설임 혹은 자기를 쳐다보지 않는 행인들과 부딪치지 않으려고 비켜나는 자세와는 거리가 멀었다. 행인들은 이제 모두 그녀를 쳐다보았다. 심지어 그녀가 길 한구석으로 멀어져갈 때까지 걸음을 멈추고 그녀를 바라보기까지 했다. 마치 가던 길을 가기 위해 위험 요소가 시야에서 사라지기만을 기다리는 사람처럼 말이다. 장담컨대 그녀는 확실히 공포스러웠다. 나는 그녀가 자신이 세웠던 달리기 기록을 깨고 기쁨에 전율하는 모습을 보았다. 프로에 가까운 달리기 선수를 저 멀리 따돌리고 만족감에 겨워 몰아쉬는 숨소리를 똑똑히 들었다. 자주색 라이크라 재질의 운동복을 입고 여인의 황당한 행동에 의아해하던 사람들은 하얀 수영복 차림에 아담한 엉덩이를 가진 여인이 면전에서 웃고 지나가는 모습을 보면서 자신들의 눈을 의심했다. 저런 다리에 발에는 운동화를 신고, 그녀가 나타날 때마다 그 모습을 포착할 수 있는 길모퉁이를 향해 난 창문으로 고개를 돌린 채 몇 시간이고 기다리던 나는 그녀의 모습을 보자마자 한편으로는 그녀를 놓칠세라 너무나 두렵고 한편으로는 나를 미치게 만드는 그녀의 신체 보조개를 너무나 따라가고 싶어서 몸을 던지듯 계단으로 뛰어나갔다. 그녀는 어린애처럼 유치하고 백 번 양보해서 표현하자면 말 그대로 시대에 뒤떨어진 내 수작을 모르는 척하며 계속 뛰었지만, 그녀가 사는 건물의 현관으로 모습을 감추기 전 그녀의 빠져들 것 같은 푸른 시선은 마치 장작 위에 올려놓은 퀴라소*처럼 뜨겁게 달아올랐고, 그 시선이 향한 것은 바로 나였으며, 그 시선이 녹여버린 것도 나였다. 그리고 머리를 약간 숙이며 미소를 던진 머저리도 바로 나였다. 아무 이유 없는, 마법에 걸린 듯 통제할 수 없는 행동이었다.

달리 대처했다면 그녀가 경찰에 신고를 했을지도 모를 일이다.

"여보세요? 경찰서죠? 제가 조깅을 하는데 이상한 남자가 자꾸 따라와요."

"혹시 핫팬츠를 착용하고 계십니까?"

"네."

"그럼 트레이닝복으로 갈아입으세요."

하지만 그녀는 겁을 먹지 않았다. 나는 사냥꾼이 아니었고 그녀 역시 먹잇감이 아니었다. 아니다, 나는 내가 그녀

---

* 카리브 해의 퀴라소 섬에서 자라는 쓴 오렌지 껍질을 건조하여 만든 리큐어.

의 뒤를 따라 뛰던 바로 그 순간, 내 뒤를 따라 뛴 사람이 바로 그녀였다고 생각한다. 내가 먹잇감이 된 것이다. 맙소사, 이미 늦어버린 뒤에 현실을 깨달은들 무슨 소용이 있단 말인가! 정신이 제대로 박혀 있는지 알아보기 위해 내 뇌를 뒤섞는 일이나 기억을 휘젓는 일, 그런 일을 안 하고 어떻게 배기겠는가? 그 행위들은 아직도 내가 참여할 수 있는 유일한 행위들이었다. 나만의 스포츠. 나만의 취미. 나만의 빙고. 내가 고른 번호는…… 26! 빙고! 그녀가 내 체중을 줄이려고 애를 쓸 때의 내 나이다. 내 몸에는 지방 덩어리라고는 찾아볼 수 없었지만, 그녀는 그때부터 나를 굶주리게 했다. 이번에는…… 13! 빙고! 1992년 7월 13일. 성당 계단 위에서 그녀는 걸음을 멈추고 내게 미소를 지어 보였다. 그러면서 내가 자신을 떠나려고 애쓸 수도 있을 거라고, 하지만 절대로 떠나게 내버려두지 않을 거라고 예언했다. 절대로. 그 순간 불끈 솟아올랐던 내 남근을 떠올리자 지금은 아무짝에도 쓸모없어진 구형 엔진을 잘라내고 싶은 욕망이 솟구쳤다.

나는 그뒤로도 몇 주간 그녀의 뒤를 따라 조깅을 했다. 그때 내 나이 스물, 나는 세상에서 가장 깊은 사랑에 빠진 청년이었다. 그리고 얼마 뒤, 나는 아일랜드에 사는 친구네 집으로 휴가를 떠났다. 그 친구는 집착에 가까운 내 마음을 달래주겠다고 약속했었다. 나는 얼음장처럼 차가운 아침마다 그 친구를 데리고 조깅을 했다. 그리고 내 뒤에서 나를 따라오라고 신신당부했다. 왜냐하면 내 눈앞에 그녀가 뛰고 있는 모습이 아른거렸기 때문이다. 눈을 감을 필요도 없었다. 실제로 눈앞에 있을 때보다 더 선명하고 명확하게 그녀의 모습이 보였으니까. 질퍽거리는 진흙탕 길을 내달리는 그녀의 모습이, 이탄(泥炭)으로 뒤덮인 구릉지대를 펄쩍 뛰어넘는 그녀의 모습이, 가끔씩 내 쪽으로 고개를 돌리던 그녀의 모습이, 촉촉히 젖은 두 눈과 살짝 튼 입술에 꿰매놓은 하얀 구름 같은 아담한 입김이. 하늘이 그녀에게 노래를 불러준다 해도 하늘은 잿빛으로 보였고, 나는 그녀의 파란 두 눈이 뿜어내는 시선에 완전히 사로잡혀 있었다.

집으로 돌아온 날 아침. 여독과 기네스 맥주의 숙취 탓에 눈이 반쯤 감겼다. 운동화에는 아직도 흙과 이탄이 달라붙어 있었다. 창문 테두리로 향해 있던 두 눈이 따끔거리고 눈물이 흘러내렸다. 내 두 눈은 강제로 고정된 채 빌어먹을 그 길모퉁이를 주시하느라 지쳐 있었던 것이다. 행여 눈이라도 깜빡였다가는 그녀를 놓치지 않을까 두려울

지경이었다. 그녀는 빠른 속도로 조깅을 했기 때문이다. 전방을 주시하고 정신을 집중하자. 하지만 그날 아침 그녀는 조깅을 하러 나오지 않았다. 다음날도. 그 다음날도. 그녀는 더이상 내 영역에서 조깅을 하지 않았다. 그렇게 일주일을 기다렸다. 매일 아침 여섯시에 일어나 수업도 빼먹고, 혹시 이사를 간 것은 아닌가, 사고라도 당한 건 아닌가, 폐렴이라도 걸린 건 아닌가 걱정하며. 다시 만날 수 있기를 바라며.

이레째 되는 날, 나는 그녀가 사는 건물까지 뛰어갔다. 지금껏 한 번도 느껴보지 못한 공포심에 사로잡힌 채, 더이상 그녀를 볼 수 없게 된다면 바로 그 자리에 서서 그녀를 기다리며 평생을 보내리라는 확신을 품은 채 말이다. 그렇게 되면 사람들은 건물 현관 앞에 우두커니 서서 누군가를 기다리는 사람에 대한 기사를 써댈 것이다. 말은 하지 않지만 현관문이 열리기만 하면 소스라치게 놀랐다가 문을 열고 나오는 사람을 확인하는 즉시 눈물을 흘리는 남자에 대한 기사. 나는 내가 충분히 그런 남자가 될 수 있을 거라 믿었다. 그렇게 평생을 기다리게 될까 두려웠던 나는 건물 현관의 비밀번호를 누르고 들어가는 나이 든 부인의 뒤를 따라 건물 안으로 들어갔다. 뭐, 그렇다고 용기를 가지고 그렇게 한 것은 아니다. 정말 아니다. 내가 그녀에게 할 수 있는 바보 같은 짓에 대한 생각은 관심 밖이었다. 나는 나이 든 부인의 뒤를 따라 재빨리 현관으로 들어갔다. 너무 황급히 행동해서 그랬는지 그 부인이 누구를 찾아왔느냐고 내게 물었고, 나는 조깅하는 아가씨를 찾아왔다고 대답했다. "아, 그 아가씨"라고 하기에 나는 그렇다고 했고, 부인은 그러냐고 말했다. 우리는 그렇게 서로 마주 보고 있었다. 그 순간, 노부인의 얼굴이 마치 스무 살 먹은 아가씨처럼 보였다. 부인은 아무 말 없이 내게 다가와 손가락으로 3층을 가리켰다. 나는 부인의 눈 속에서 그녀가 사랑했던 남자의 모습을 보았고, 인근 어느 홀에서 벌어진 무도회, 조화 장식, 펀치*로 얼룩진 식탁보 등을 보았다. 부인이 사랑했던 남자가 그녀 곁으로 한 걸음 더 사이이 다가갈 때 그녀가 입고 있던 드레스가 보였고, 흥분한 아가씨의 살갗이 발산하던 향수 냄새가 느껴졌다. 나는 두 사람과 함께 첫 음악에 맞춰 춤을 추었고, 어느 겨울밤 청년의 모습을 한 남자가 아가씨 모습의 부인에게 청혼하는 장면을 보았다. 아마도 그날 눈이 내렸던 것 같고, 부인은

---

* 레몬주스, 설탕, 포도주 등 다섯 가지 음료를 혼합한 알코올성 음료.

추위에 몹시 떨고 있었지만 그런 건 아무래도 상관없어 보였다. 그 부인이 손가락을 들어 아파트를 가리킬 때, 그녀 역시 조화 장식과 다소 낡아서 입기 민망했던 그때의 드레스, 영화 속 소품의 역할을 자청했던 하늘의 눈을 떠올리고 있었다는 걸 나는 알 수 있었다. 하늘의 눈 역시 멋들어진 곡조를 연주하며 식당의 테이블 사이를 돌아다니면서 자신도 쌍쌍의 커플들이 누리는 행복에 겨운 시간을 함께한다고 생각하는 바이올린 연주자처럼 청혼의 순간에 마침맞게 내려주고자 했다는 것 또한 잘 알 수 있었다.

11

허기. 배가 고프다. 마누라도 잡아먹을 수 있을 정도로 미친 듯이 배가 고프다. 지금 시각은 새벽 다섯시, 아내는 여전히 방 안에 틀어박혀 코빼기도 비치지 않고 있다. 나는 내 긴 머리를 정리하고 그나마 때가 덜 탄 트레이닝복을 입은 뒤 턱수염에 묻은 먼지를 털어냈다. 눈썹을 다듬고 손톱소제도 했다. 겨드랑이의 냄새도 맡아보았다. 세상 속으로 뛰어들 준비를 마친 타잔이 된 것이다. 혹시 운이 없어 아내와 마주친다 해도 단정하게 보이고 싶은 게 내 마음이다. 아니, 그저 밉보이고 싶지 않다. 그러고 싶지 않다…… 나는 그녀와 마주치지 않을 것이다.

아내와 마주치지 않았다! 손톱 밑에는 마룻바닥을 긁다가 나무 조각이 박혔고, 흘러내린 땀은 겨드랑이털을 여러 개의 작은 뭉치로 만들어버렸다. 그리고 머리카락에는 닭기름이 덕지덕지 묻었다. 하지만 아내와는 마주치지 않았다. 마치 누군가 나를 대신해서 움직인 것처럼, 아무것도 볼 수 없었다는 사실이 아무 일도 일어나지 않았다는 사실을 함축하는 것처럼, 그 어둠 속에서 차디찬 부엌 타일바닥 위를 기어다닌 사람은 내가 아니었고, 찬장 문고리에 손을 뻗은 사람도 내가 아니었고, 고통의 비명을 꾹 참고 집어삼킨 사람도 내가 아니었다. 그는 나 대신 위험을 감수하라고 내가 고용한 사람이었다. 그 친구는 겁이 없었다. 정말이지 두려움을 모르는 친구였다. 하기야 언제 어디서건 불시에 맞닥뜨릴지 모를 대상이 자기 부인이 아니기 때문이기도 하지만, 그는 아내의 시퍼런 시선을 전혀 두려워하지 않기 때문이다. 그는 단순히 주어진 임무, 일상에 가까운 임무, 그저 평범한 업무, 구조활동을 한 번 더 할 뿐이다. 아하! 그러고 보니 두려움에 떨다 죽기 싫을 때 이 방법이 해결책이 될 수 있다면, 나 자신을 열 명, 백 명, 천 명까지 불릴 수 있을 것이다! 한 명은 식사 해결용, 한 명은 몸단장용, 한 명은 배설물로 가득 찬 깡통 처리용, 한 명은 폭탄제조용, 한 명은 아내의 침대에 폭탄을 설치하는 임무용, 한 명은 아내 교살용, 한 명은 아내를 흉기로 난도질하는 임무용, 한 명은 사지절단 임무용. 그리고 그 중에서 가장 정력이 좋은 한 명은 아내가 피곤과 고통에 지쳐 쓰러져 죽을 때까지 그녀를 난폭하게 겁탈하도록 만들 것이다.

내가 여러 명의 나를 위해 탈취해온 물품목록을 잠시 들여다보자.

닭다리 두 개.

꽉 찬 오이피클 한 통.

먹다 남은 스파게티.

겨자소스 한 통.

분말 그린페퍼 소스 한 봉.

지난 3년을 통틀어 최고의 수확이었다. 나는 아주 기쁜 마음으로 겨자소스 통에 손을 찔러넣고 반죽하듯 만지작거리고 휘젓다가 손가락을 빼면서 통 윗부분의 테두리를 긁어냈다. 아껴야 한다. 무조건 아껴야 한다. 구역질이 날 정도로 더러운 호주머니에 찔러넣어두었던 닭다리들은 털뭉치, 각종 먼지, 온갖 부스러기로 도배된 상태였지만, 내 눈에는 세상에서 가장 먹음직스러운 닭다리로 보였다. 나는 어미 고양이가 갓 태어난 새끼를 혀로 핥아주듯이 닭다리에 묻은 먼지를 혀로 닦아냈다. 기분 같아서는 나를 위한 세기의 만찬을 차려주고도 싶었다. 하지만 아직까지는 그 정도로 미치지 않았다. 겨자소스를 조금 바른 닭다리 반쪽 정도만 먹을 생각이다. 닭다리 반쪽, 또 반쪽, 그리고 또 반쪽, 스파게티 한 움큼, 또 한 움큼, 겨자소스, 한 번 더, 또 한 번, 그리고 또 한 번, 오이피클, 하나 더, 또 하나 더, 소스 범벅, 한 번 더. 여러 명의 나는 이런 식으로 15일을 연명할 수 있을 것이다.

바보 같은 생각이다. 아내는 15일이나 앓아누워 있지는 않을 것이다. 게다가 그날 밤 침투작전은 너무도 간단한 것으로 판명되었기에 원하는 만큼 계속해서 실행해볼 만했다. 참아서 무엇 하리, 이제 위험요소는 확실히 제거된 마당인데 말이다. 그렇다, 위험하지 않다. 나는 위험에서 벗어났다.

모조리 먹어치웠다. 닭다리, 겨자소스, 피클, 스파게티,

그린페퍼 소스. 모조리 다. 나는 냉장고와 사투를 벌일 때 흘러내린 기름이 잘 배어들어간 내 머리카락을 쪽쪽거리며 빨았다. 가슴에서 통증이 느껴진다. 눈에서는 눈물이 흘러내린다. 빌어먹을 분말 그린페퍼 소스, 싸구려 저질 먹거리, 성가시고 짜증나는 유사품. 그렇게 된 것이다. 여러 번 되풀이할 일이 못 된다. 그렇다, 빌어먹을. 아무래도 병신 짓을 한 것 같다. 이런 걸 두고 만찬이라고 할 수는 없었던 것이다. 정신 없이 퍼먹은 겨자소스가 빈속을 뒤집어놓으리라고는 생각하지 못했다. 위가 터져버릴 수도 있지 않을까? 아사(餓死) 직전에 살아남은 사람이 첫 식사로 만찬을 마음껏 즐기도록 내버려둘까? 하느님 맙소사! 용량을 초과해 채워넣다 터져버린 가죽부대처럼 내 몸도 산산이 폭발할 것이고, 사방천지가 그린페퍼 소스를 바른 닭고기로 뒤덮일 것이다.

12

다섯 살 때였다. 내 침대에는 플래시 천으로 만든 동물 인형들이 나보다 더 많은 자리를 차지했다. 아무것도 모르는 순진한 동물들이 내 잠자리를 불법점거해 아예 자기들의 동물원 하나를 차릴 정도였다. 그래서 얼굴에는 코끼리가, 엉덩이에는 여우원숭이가 서식했다. 어머니는 창문을 활짝 열어두셨고, 그래서 나는 몹시 추웠다. 하지만 아무래도 상관없었다. 추운 것보다는 두려움이 더 컸기 때문이다. 나는 자는 척하거나 눈을 깜빡이지 않으려고 맹훈련을 했다. 만일 마지막 희망이란 게 있다면 바로 그런 능력이기 때문이다. 죽은 척하거나 잠든 척하는 연기자들은 도대체 어떻게 하기에 눈꺼풀 한 번 떨지 않고 천연덕스럽게 연기를 할 수 있단 말인가? 꼼짝 않고 있는 것은 매우 불안한 일인데 말이다. 분명히 무슨 기술이 있을 것이다. 그것을, 그 기술을, 죽은 척하는 기술을 터득할 수만 있다면…… 딱 하룻밤만. 복도 바닥이 삐걱거리는 소리가 작게 들리는 것 같더니 문 뒤에서 불규칙적인 숨소리가 들려온다. 작은 파란색 문고리가 들릴 듯 말 듯한 소리로 삐걱거린다. 매번 같은 식이다. 그[*]는 침대 머리맡에 무릎을 꿇고 앉아 한참 동안 나를 쳐다본다. 가끔은 저렇게 가만히 앉아 나를 쳐다볼 뿐이지 다른 행동은 하지 않을 거라는

---

* 저자의 말에 따르면 화자의 아버지.

생각이 든다. 나는 울지 않으려고 두 주먹을 꼭 쥐고 눈꺼풀에 온 힘을 집중하면서 죽은 척을 한다. 차라리 죽고도 싶다. 어머니는 다소 끔찍한 표현들을 써가며 내게 지옥에 대해 이야기해주셨지만, 그때 그 이야기들은 지금 여기서 내가 느끼는 모든 것에 비하면 천국에 훨씬 더 가까웠다. 그가 천천히 이불을 들어올리는 순간, 내 눈에서는 하염없이 눈물이 흘러내린다. 그는 와인 향과 불행이 느껴지는 단어 몇 마디를 중얼거리고는 끈적거리는 두 손을 주저하듯 떨면서 이불 속으로 밀어넣고 내 몸을 더듬는다. 그러고는 내 목에 머리를 파묻더니 갑자기 울기 시작한다. 누군가가 자신의 피붙이를 죽였다는 사실을 통보받고는 그 피붙이의 평생을 공포와 증오, 고통 속에 처박아버렸다는 사실을 깨달은 부모가 울음을 터트리는 그런 방식으로. 그는 울고, 또다시 중얼거린다.

모두 다 개소리다! 그는 뭐라고 중얼거린 적이 없다! 비통할 정도로 순진해빠진 인간들 같으니라고! 하느님 맙소사! 이게 당신들이 원하는 이야기인가? 정말 그렇단 말인가? 지금 이 모양 이 꼴로 살고 있는 나를 보는 것으로는 성이 안 찬단 말인가! 아니, 제발 부탁이니 아니라고 잡아떼지는 마라. 당신들이 온갖 병적인 이야기의 시시콜콜한 부분까지 모조리 알고 싶어 환장한 나머지 애원하듯 내 입술에 매달려 있다는 것은 나도 잘 알고 있다. 내 고통보다는 저 어린아이의 시련에 더 가슴 아파하며 말이다. 혹시 내 고통은 아무것도 아니라고 생각하는 것은 아닌가? 어디 한번 말해보라. 내 고통은 벌에게 쏘인 정도, 손톱이 빠져나간 정도, 그 정도라고, 아무 일도 아닌, 겨우 그 정도라고 생각하고 있지는 않느냔 말이다. 심지어는 이제 슬슬 질리기 시작하지 않는가? '아니, 저 친구 도대체 왜 자기 위가 타들어가고 있다는 사실을 상세히 묘사해야만 한다고 생각하는 거지? 언제쯤 저 불평불만을 멈추는 거지? 멈추긴 하려나? 가서 죽어버리든지! 이제 그만 끝내자고!' 이렇게 말이다. 그러나 당신들은 술수에 넘어간 것이고, 그 사실이 그나마 내겐 위안이라면 위안이다. 당신들은 너무도 빤한, 예측이 가능한 인간들이다. 당신들은 늘 그러하듯 추문과 관련된 이야기, 어렸을 적 수차례 강간을 당했다는 피겨스케이팅 선수의 자서전, 마약과 작별을 고했다는 희극배우의 자전적 이야기, 계단에서 실수로 굴러 떨어져 생긴 상처를 미수로 그친 강력 범죄 사건의 피해로 탈바꿈시키는 대필작가의 치밀하게 계산된 이야기 들을 꾸역꾸역 처먹는 인간들이다.

나는 당신들에게 욕설을 퍼부었다. 그래야만 했기 때문이다. 하지만 그 욕지거리는 허공에 대고, 몸서리가 날 정도로 공허한 허공에 대고 한 것이다. 왜냐하면 나는 그 누구에게도 욕설을 퍼붓지 않기 때문이다. 당신들은 이 자리에 없지 않은가. 당신들은 단정하게 정리된 아담한 아파트에서 아이들하고 놀아주고 있거나, TV를 시청하고 있거나, 사랑을 나누고 있거나, 설거지를 하고 있거나, 낮잠을 자고 있다. 당신들은 내가 사는 아파트에 살고 있다. 옆집에, 앞집에. 당신들은 내가 다니던 길을 걸어다니고, 내가 사는 마을에 살고 있으며, 내가 사는 세상에 살고 있다. 당신들은 나와 같은 세상에 살고 있지만 아무것도 하지 않는다! 아무것도! 그러니 내게 조금만 더 관대해지길 바란다. 내가 당신들에게 그러는 것처럼. 내가 당신들에게 욕설을 늘어놓는 이유는 당신들이 보잘것없는 행복한 소시민들이기 때문이다. 그러나 나는 행복한 사람이 아니다. 나는 이제 인간 종에서 점점 멀어지고 있다.

13

당신들이 상상하고 있는 것처럼, 나는 그녀의 아파트로 올라갈 엄두를 내지 못했다. 노부인이 손가락으로 가리킨 그 집 창문에는 묘한 분위기의 분홍빛 벨벳 커튼이 드리워져 있었다. 커튼은 군데군데 색이 바랜 것처럼 보였다. 나는 선 채로 몇 시간 동안 건물 현관 한편에 머물러 있었다. 얼마나 꼿꼿이 서서 꼼짝 않고 있었는지 화단에 물을 주던 건물 경비원이 아무 생각 없이 내 발에도 물을 뿌리고 지나갔다. 나는 기침도 하지 않고 팔다리도 움직이지 않은 채 경비원이 만들어놓은 물웅덩이 가운데에서 한 시간여를 더 기다렸다. 간혹 내 존재를 눈치채는 몇 안 되는 건물 주민들에게 가볍게 머리를 숙여 인사를 건네기도 했다. 누 번 이상 내 앞을 지나친 주민도 몇 명 있었지만, 그들이 내게 던지는 시선은 명확했다. 그들은 나를 무시하고 있었다. 아무리 덩치가 작아 쉽게 눈에 띄지 않는다 해도, 너도나도 드나들 만큼 아주 넓게 개방된 공공장소에서 아무 일도 하지 않고 정지상태로 가만히 서 있으면 대번에 의심을 사게 된다. 사람들은 즉시 그를 변태 아니면 절도범으로 만들어버린다. 어둠이 내리자, 여기저기 한 집씩 창문에 불이 들어오기 시작했다. 차양을 내리는 집도 있었고, 커튼을 치는 집도 있었다. 내가 만일 2층 창가에 보이는 노부인의 흔들리는 실루엣을 발견하지 못했다면 조명과 커튼이 벌이는 도심의 원무에 푹 빠져버렸을 것이다. 노부인의 실루엣은 이제는 너무 작아진 데다가 우스꽝스럽기까지 한 무도회 의상을 입고 스텝을 밟고 있는 것처럼 보였다.

"춥지 않아요?"

어디서 나타난 거지? 현관문 소리도, 발소리도, 사람이 움직일 때 나는 옷자락 스치는 소리도, 아무 소리도 들리지 않았는데. 전혀. 어느새 그녀가 데우스엑스마키나*처럼 내 곁에 홀연히 나타나 있었다.

"아니요…… 약간."

그녀는 내 발 아래에 생긴 물웅덩이에 시선을 고정시켰다. 그 순간, 나는 그녀가 그 물웅덩이를 내가 공포에 떨다 오줌을 싸놓은 것으로 생각할까봐 죽는 줄 알았다.

"경비원이…… 절 식물로 착각했나봐요."

"그랬군요…… 하긴, 그럴 때가 종종 있지요. 저번에는

---

* 고대 그리스에서 심심치 않게 연출되던 극작술로, 초자연적인 힘을 통해 긴박한 상황을 풀어나가고 그대로 결말까지 이끌어가는 기법이다. 중세에는 종교극에도 자주 사용되었다.

집배원을 정원용 가위로 자를 뻔하기도 했어요."

뭔가 기발한 말을, 교묘하고 섬세하며 가능하면 우스꽝스러운 말을, 어디서 들어본 인용문의 냄새가 나는 말을, 20년이 훌쩍 지난 어느 일요일 가족들과 나들이를 갔을 때도 곱씹어볼 수 있는 말을, 집 현관 앞에 걸어두고 집을 찾는 손님들의 미소를 자아내는 경구나 금언 같은 말을 재빨리 생각해내야 했다.

"집배원들하고는 매번 그런 일이 있죠."

인생을 살다보면 이런 확신이 드는 순간들이 있다. 다른 개성을 가진 존재가 내 안에 비집고 들어와 거주하고 있다는 확신. 얼간이처럼 멍청하고 제 육신을 갖지 못한 열등감에 항상 신경이 곤두서 있어서 때때로 자신이 우월하다고 내세우며 당신의 입을 제 입 삼아 당신 인생을 갉아먹는 말들만 뱉어내게 하는 그런 존재. 그런 얼간이 같고 정신나간 친구가 말을 하고 있다고 상상하면 그나마 위로가 될 것이다. 하지만 그렇다고 뭐가 달라지는 것은 아니다. 그 얼간이는 그렇게 큰 소리로 외쳤고, 그녀는 그렇게 알아들었다. 이제 그것과 더불어 살아가는 수밖에.

14

내 어머니는 대단한 미인이셨다. '머리가 텅 빈 여자일
거야'라는 말을 들을 정도로 미모가 빼어나셨다. 그 말이
그렇게 틀린 말은 아니다. 하지만 어머니는 하교 시간이면
다른 엄마들의 얼굴을 질투심으로 구겨놓았고, 밤이면 남
자친구의 이불 아래에서 그들이 전에 느껴보지 못한 강한
욕망을 일깨우는 마법을 지니셨으며, 물건을 사러 가면 점
원들이 서로 달려드는 고객이었고, 환자로서는 대기실에
서 차례를 기다리는 법을 모르고 살았다. 열 살짜리 꼬마
에게는 최고의 엄마였다고 할 수 있다. 어머니를 더욱 사
랑스러운 존재로 만들어주었던 것은 정작 당신은 당신의
그런 능력을 전혀 인식하지 못하고 지내셨다는 사실이다.
어머니는 남들이 당신을 대하는 방식대로 세상 모든 사람
을 대한다고 생각하고 사셨으며, 유명한 대형 식당에서 빈
자리가 제때 나오는 이유는 단순한 우연이라고만 생각하
셨다. 모든 남자들이 내 어머니를 원했고, 모든 여자들이
내 어머니처럼 되기를 원했다. 어머니가 요절이라도 하셨
다면 아마 순교자 대우를 받았을 것이다. 비행기를 타고
가다가 태평양 한가운데에서 비행기가 추락하기라도 했다

면 전설이 되셨을 것이다. 그랬던 어머니가 이제는 주름진 얼굴로 외동아들이 사라졌다며 마치 어린아이처럼 울고 계시다니.

엄마, 정말 사랑해요. 제 딸자식처럼 엄마를 사랑해요.

어렸을 때 나는 형편없는 옷차림을 하고 다녔다. 내 취향이라고 하기에는 좀 그랬지만, 아무튼 주머니칼과 매일 씨름하는 게 일상이었기 때문에 내 바지에는 언제나 구멍이 나 있었다. 교실에 들어가기 전에는 석고 가루가 묻은 담벼락에 등을 문지르기 일쑤였다. 그러고 나면 영락없이 빵집에서 과자를 훔치다 밀가루가 묻은 주인의 손에 붙잡힌 꼴이었다. 어머니는 의심스러운 내 행동을 눈치채기에는 지나치게 순진한 분이셨다. 내 무릎이 멀쩡한 것이 기적이라고 경탄하시며 어쩌다가, 어디에서, 어떻게 넘어졌는지 상세히 물으셨다. 아버지는 워낙 호기심이라고는 없으신 분이었기에 내 실수를 심히 의심스러운 눈초리로 바라보셨다. 그러고는 3옥타브나 내려오는 긴 휘파람 소리를 내는 것으로 질책을 대신하셨다. 그 휘파람 소리는 이중턱이 시작되는 부분에서 끝이 나곤 했다. 이따금씩 조언도 잊지 않으셨다.

"녀석아, 기어오르기를 잘해야 떨어지지도 않는 법이

야. 그래야 똑같은 상태로 널 데려오지 않겠냐."

뚜렷한 이유는 잘 알 수 없지만 언제나 머릿속을 떠나지 않고 끈질기게 남아 있는 기억들이 있다.

당신들이 진정 비굴해지기 시작하는 그날까지 말이다.

15

물론 구조신호를 보낼 생각은 했었다. 도대체 날 뭘로 보는 건가? 자신의 생존 경험담을 몇 시간에 걸쳐 당신들에게 지루하게 늘어놓기 위해 이야깃거리를 찾아 헤매는 아둔한 인간으로 보고 있는가? 종이 한 장으로 비행기를 만들어 날려보낼 수도 있고, 도움을 요청하는 글을 적어 창가에 붙이거나 행인들이 지나다니는 보도에 던질 수도 있다는 걸 전혀 생각해내지 못할 머저리로 보이는가? 종이뭉치 1연이나 벽돌을 행인들의 머리 위로 던지면 지나가는 유모차에겐 거의 테러 수준이고, 경찰요원에게는 직격탄에 가까운 피해를 입힐 수 있다. 창문 밖으로 날아가는 의자의 잠재적 위력에 대해 생각해본 적이 있는가? 전기히터를 집어던지면 노부인의 머리를 박살낼 것이다. 이런 일이 벌어지면 사람들은 당연히 물건을 던진 범인의 정체에 대해 궁금증을 품게 된다. 침대 머리맡에 두는 램프가 날아들어 도랑 한편에서 조용히 쉬고 있는 당신들의 털북숭이 강아지를 내리찍는다면 당신들은 죽어버린 강아지를 줄에 매단 채 아무 일도 아니었다는 듯 가던 길을 계속 가지는 않을 것이다. 눈을 들어 창문을 쳐다보았을 때 대리석 책상이 통째로 당신들 발 앞에 떨어진다면 경찰을 불러 살인미수 혐의로 고소할 것이다. 건물을 이 잡듯 뒤지고 뒤져서 용의자도 찾아낼 것이다. 그런데 막상 용의자를 찾고 보니 아사 직전의 상태로 배설물과 절망이 가득 찬 방 안에 감금되어 있는 것이 아닌가. 그 용의자가 경찰에 체포되어 감옥에서 남은 생을 마감해야 한다면 그보다 더 호사스러운 신의 가호가 어디 있겠는가. 도로 위에 뿌려진 피가 광기에 시달리다 생을 마감할 뻔했던 한 남자를 구원하는 것이다.

문제는 당신들에게는 당연하게 보이는 것이 내게는 전혀 그렇지 않다는 것이다. 나는 창문조차 내 힘으로 열어젖힐 수 없는 사람이란 말이다. 그러니 송아지가 되었든 암소든 돼지든 종이든 의자든 책상이든 히터든 모두 다 빛좋은 개살구일 뿐이다. 그러니 유모차든 민중의 지팡이든 노부인이든 가던 길이나 계속 가십시오. 감옥이여, 잘 가라. 자유여, 부디 행복해라!

나는 몇 시간에 걸쳐 마치 당신들의 운명을 결정지을 배심원들의 눈치를 살피듯 창문 고리를 붙잡아보려고 낑낑거렸다. 어떻게 하면 창문 고리까지 손을 뻗을 수 있을지 연구하느라 며칠 밤을 꼬박 새워가며 고민하기도 했다. 모든 가능성을 다 시도해봤다고 생각한다. 정신력을 총동원해 창문 고리를 돌리려고 애쓰던 나 자신을 발견한 날, 나는 그런 행동을 포기해야 할 필요가 있다는 사실을 깨달았다. 나는 2백 년쯤 전에 땅속에 묻혔을, 이 아파트를 건축한 사람의 죽음에 대한 꿈을 꾸었다. 내가 10센티미터만 더 컸어도…… 나를 자유의 세계와 갈라놓는 거리는 겨우 10센티미터였다. 나는 그 빌어먹을 건축가의 몸에서 10센티미터 길이의 신체부위를 도려내는 꿈을 백 번도 넘게 꾸었다. 그중에서도 최상의 부위만 골라서 도려내는 데 열중했다……

사람들은 할 수 있는 만큼 복수를 한다.

문을 부수고 들어오지 않은 성난 남자친구를 때려눕히고, 가구를 압류하러 오지 않은 집달관의 사지를 절단하고, 주소를 잘못 고른 절도범을 토막낸다.

당신이 실종되었음을 용인하는 인류는 아예 갈아버린다.

지구 한가운데에 쑤셔넣는 핵폭탄은 아마 우주의 운명을 뒤바꿔버릴 것이다. 확실하다.

16

한 사람이 실종되면 얼마의 시간이 지나야 사망이 확정될까? 혹시 서류상으로는 이미 내가 시체로 등록되어 있는 것 아닐까? 시청에 가봤더니 내가 이미 사망신고되어 있다고 생각해보라. 여기서 나갈 수만 있다면 그 사망신고서를 믿고 내 죽음을 받아들이고는 내 시체가 팜파스 어딘가에서 썩고 있을 거라 믿은 한심한 작자들의 수민큼 사망신고서를 복사해 내가 이렇게 살아 있다는 사실을 목구멍 깊숙이 느낄 수 있도록 차례차례 입에 쑤셔넣어줄 생각이다.

실종자의 거주지에 찾아와 눈알 한 번 굴릴 생각 하지 않은 이 나라 경찰 당국에도 강력한 불만을 제기할 예정이다.

이 지구상에 존재하는 실종자들의 부인 집에 불시에 들이닥쳐 서재를 한번 보자고 요구할 테다. 거실과 창고도.

그리고 그 집 찬장이 모조리 텅 빈 상태라는 조건하에서만 그 집에서 나올 것이다. 하지만 결례에 대한 사과는 하지 않을 것이다. 물론 하지 않을 것이다. 왜냐하면 마룻바닥을 덮고 있는 카펫을 들추어 축축하고 악취 나는 지하실로 통하는 트랩이 있는지 확인하지 못했고, 벽에 공명현상이 일어나는 의심스러운 부분이 있는지 손등으로 두드려 확인하지 못했기 때문이다. 그리고 하나의 확신을 가지고 그 집에서 나올 것이다. 우리 집사람은 그저 아마추어에 불과하다는 확신.

아이를 잃어버린 부모가 자기 집 지붕 위에 있는 나를 발견하게 될 수도 있다. 그럼 나는 직업적 습벽 때문이라고 둘러댈 것이다.

"아시는지 모르겠지만 이런 일이 바로 제 직업이라서요. 만일 어린아이가 이 지붕 위로 올라오면 장담컨대 떨어질 위험이 높습니다."

"저흰 더이상 아이가 없습니다."

"그건 선생님 사정이지요."

나는 그들이 경찰에 알리기 전까지는 그 집에서 나가기를 거부할 것이다. 왜냐하면 자기 자식을 정원 구석의 헛간에 가두었을 경우 사람들은 경찰에 신고를 하지 않기 때문이다. 아니면 세탁실이나. 막아놓은 굴뚝 역시. 그들은 지붕 위에 끈질기게 남아 있는 저 미친놈이 추위와 배고픔을 참지 못하고 떨어져나가기를 기다린다. 참을성이 없는 경우라면 할아버지가 쓰던 소총을 집어들지도 모른다.

또한 부인의 진실성에 심각한 의심이 들기 시작한 사람들을 위해 이름하여 '생존킷'이라는 것을 만들어 팔 것이다. 생존킷은 그들이 감금 상태를 거부해야 하는 이유ー개중에는 설마 그럴 일이 있을까 의심하는 얼간이들이 있다ー를 깨알같이 적은 목록과 호출기로 구성되어 있다. 생존킷을 구매한 사람들이 증오로 뒤틀린 여성의 얼굴 형상을 하고 있는 송신기 버튼을 몇 초만 누르면, 그 신호는 즉각 내게 전달된다.

여자친구들이 뜬금없이 F1* 경기에 열광하고 퍼블릭 에너미**의 음악을 즐기는 이유를 잘 이해하지 못하는 가련한 작자들을 위해 기막힌 사랑의 사기극과 관련된 전조를

---

* Formula 1, 경주용 자동차의 한 종류. 주관단체인 FIA(세계자동차연맹)에서 차체, 엔진, 타이어 등의 조건을 규정하는데, F1은 8기통 이하, 2400cc의 엔진성능을 가진 자동차이다.
** 1980년대 후반 미국에서 가장 영향력 있고 논란의 대상이 되었던 힙합 그룹. 음악적인 면뿐만 아니라 음악 속에 담긴 정치적 메시지에서도 혁신적인 그룹으로 평가받고 있다.

나열한 바이블 한 권을 쓸 것이다. 대체 무슨 이유로 서랍 속에 망사 스타킹을 가득 채워넣고도 자기는 망사 스타킹을 혐오스럽게 생각한다며 남편의 의견에 동조하는 척했는지. 두 사람 모두 굴을 좋아하기 시작했는데 그리고 그렇게 맛이 없는 것도 아니었는데, 어제는 도대체 무슨 이유로 굴을 끔찍이도 싫어했는지. 그 책은 이처럼 복잡한 현상들을 이해하지 못하는 모든 남자를 위한 교과서 같은 책이 될 것이다.

17

꼬박 사흘 동안 난동을 부렸다. 내 위라는 녀석이. 그러고 나서야 내가 집어삼킨 아름다운 세상을 목적지에 도달시켰다. 녀석은 필요한 만큼 시간을 사용했지만, 모두 나름의 여행을 즐겼다. 닭다리, 스파게티, 겨자소스. 오이피클. 그린페퍼 소스. 위는 자신이 분비하는 액으로 그 음식물들을 액체로 탈바꿈시키고 8미터에 달하는 굽잇길을 잘 내려갈 수 있도록 모두에게 추진력을 실어주었다. 대장, 소장, 결장에 이르기까지. 나는 내 몸이라는 녀석이 겉보기엔 한참이나 비좁은 내부에 그렇게 긴 관을 숨겨두고 있을 거라고는 생각지도 못했다. 사람들은 뱃속에 소형 놀이동산이 있다는 사실을 쉽게 상상하지 못하지만, 장이라는 것이 매우 정교한 기계장치와 같다는 사실에는 전혀 의심을 품지 않는다. 당신이 먹은 햄버거는 당신도 모르는 사이에 당신의 뱃속에서 여러 차례 공중제비를 돈다. 만일 죽은 고기가 여전히 현기증을 느낄 수 있다면 사람들은 지금처럼 민첩하고 자연스럽게 서로를 끌어안고 입맞춤을 하지 못할 것이다. 당신들의 살가죽 속에 무엇이 들어 있는지 모른다면, 당신들의 장기 대부분을 모른다면, 당신들 속에 기거하는 핏빛 공포의 정확한 영상을 그려낼 수 없다면, 그것만으로도 좀 위안이 되지 않겠는가? 미안한 일이지만 나는 내 무지에 집착을 하는 편이다. 다시 말해 당신들은 당신들의 신체를 둘로 쪼갰을 때 그 절단면이 어떤 모습을 띠고 있을지 그려본 적이 있는가? 누군가가 당신들의 머리에서 미저골(尾骶骨)에 이르는 부분을 둘로 쪼개 그 안을 들여다보게 해준다면 응하겠는가? 당신의 궁극적인 모습을 담은 그 광경, 홍건히 젖은 조직들과 부르르 떨리는 공동(空洞)들, 꿈틀거리는 동맥들로 구성된 그 미로를 보면서 견딜 수 있겠는가? 진홍색을 띤 당신들의 살덩어리는 희멀건한 뼈대와는 반대로 살아서 숨을 쉰다. 당신들의 살코기는 매일매일 조금씩 퇴화하고 썩어가면서 파르르 떨고 있다. 앞으로 나는 생물학자들과 한 마디의 말도 섞지 않을 것이다. 내 목숨을 구해준 외과의사와 절대로 악수하지 않을 것이다. 법의학자가 업무상 내 유골에 손을 대는 일을 막기 위해서라면 죽어서라도 다시 살아 돌아올 것이다. 나는 인간의 살과 뼈를 속속들이 들여다보고 인간이 어떤 구조로 이루어져 있는지 적나라하게 보고서도 미치지 않은 사람은 정신이 온전치 않다고 생각한다. 레미, 그 친구는 가운뎃손가락의 살과 뼈를 들여다본 것만으로도 충분했다. 정말이지 맹세코 하는 말인데, 그 친구는 그 외의 것은 전혀 보고 싶어하지 않았다.

덩치는 여전히 잠자리에 누워 있다. 한순간 혹시 의사가 왕진을 오지는 않을까 기대도 했지만, 곰곰이 생각해보니 저 여자는 내가 외부인의 존재를, 자신이 아닌 타인의 목소리를, 복도를 울리는 두 사람의 발소리를 감지하게 되는 위험한 상황을 초래하느니 차라리 저렇게 앓다가 죽어버리는 길을 택할 인간이다. 그럴 경우, 내가 즉시 고래고래 고함지를 거라 판단한 것이다. 어떻게 그러지 않을 수 있겠는가? 그렇긴 하지만 차라리 저 여편네가 죽는 게 바람

직할 것도 같다. 그럴 경우, 현관 열쇠를 손에 넣기만 하면 자유를 보장받기에 충분한 상황이 조성될 것이다. 마지막 숨을 거두기 직전 저 여편네가 열쇠를 삼켜버리지 않는다면 말이다. 저 여자는 그러고도 남을 인간이다. 만일 그런 일이 벌어진다면 어쩔 수 없이 저 여편네의 몸을 머리부터 미저골까지 갈라야 할 것이다. 그리고 그런 일이 벌어진다면 갈라진 몸속을 어쩔 수 없이 들여다보며 흥건히 젖은 조직들과 부르르 떨고 있는 공동, 꿈틀거리는 동맥들을 관찰해야 하는 것이다. 그런 일이 벌어진다면 결국 난 자유의 몸이 될 것이다. 자유로워지긴 하겠지만 단단히 미치고 말 것이다.

18

어머니는 그다지 욕심이 많은 분은 아니셨다. 내게 브로콜리를 먹이실 때를 제외하면 말이다. 포크 끝에 매달린 외계인 가발 같은 그 물체는 정말 끔찍해 보였고, 기어이 내 입에서 "맛없어!"라는 말이 공포 섞인 어조로 튀어나오게 만들었다. 그러자 아버지는 내게 이렇게 말씀하셨다.

"녀석, 이럴 때는 맛없다고 하는 게 아니라 역겹다고 하는 거야." 어머니는 즉시 소리를 지르며 포크를 아무렇게나 팽개치고 두 손을 올려 내 귀를 틀어막으셨지만, 이미 내 귀에는 그 말이 각인된 뒤였다. 나는 브로콜리는 역겨운 거라고 고래고래 소리를 지르기 시작했다. 역겨운 것! 그리고 어머니가 펑펑 눈물을 흘리시고 난 뒤에야 역겹다는 말을 멈췄다. 그러면 아버지는 어머니를 위로하셨다. "당신이 뭘 어쩔 수 있겠어, 여보. 그저 당신은 제대로 된 교육을 받지 못했을 뿐이라고. 그게 전부야. 트인 귀로 모든 걸 듣는 법을 가르쳐주는 그런 교육을 못 받아서 그래. 불쌍한 내 마누라, 사람들이 당신 귀를 더럽혔던 거야, 그런 거라고. 내가 말이지, 이런 문제를 바로잡아줄 단어들을 읊어줄게." 그 순간이 되면 부모님은 나를 위층 방으로 올려보내셨다. 당시 우리 집 벽은 방음이 썩 잘 되는 편은 아니었다. 그리고 바로 그 순간, 나는 트인 귀로 모든 걸 듣는 법을 가르쳐주는 그런 교육을 받은 게 후회스러웠다.

19

"집배원들하고는 매번 그런 일이 있죠."

"그게 무슨 말씀이시죠?"

아무것도 아니라고 내가 대답했다. 내 말을 특별히 귀기울여 듣지는 말라고. "집에 가서 뭐 마실 거라도 드릴까요?"라고 그녀가 묻기에 나는 "네"라고 대답했다. "따라오세요"라고 하기에 아무런 대답도 하지 않았다. 난 그녀를 따라갔다. 그녀의 아파트는 거의 텅 비어 있었다. 오래오래 눌러앉아 살 생각이 없는 사람의 아파트였다. 그녀가 냉동실에서 보드카 한 병을 꺼내며 말했다. "조깅하시는 거 자주 봤어요, 근처에 사시나봐요?" 나는 "네"라고 대답했다. 그녀는 나를 끌어안고 입맞춤을 했다. 이렇게 사람을 놀라게 하는 능력을 지닌 사람은 정말 몇 안 된다. 그래서 그런 사람을 한 명 만나면 그대로 함께 밤을 지새우게된다. 그렇게 다음날까지 함께 있게 되고, 그 다음날도 역시 함께 있게 된다. 주말을 함께 보내고 가족에게 데려가소개를 하게 된다. 그리고 마침내 결혼까지.

우리는 밤새도록 사랑을 나누었고, 다음날 아침, 나는 피곤한 몰골로 떠오르는 아침햇살만큼 아름다운 빛은 없다는 것을 처음 알게 되었다. 그 다음주, 그녀는 내가 사는 집으로 들어왔다. 그렇게 일이 진행된 과정을 정확히 표현하자면 첫눈에 반한 거라고 말할 수 있겠다. 그리고 훗날의 경험을 통해 더 정확히 표현하자면 엄청난 바보짓이었다.

우리는 물만 먹고 살지언정 사랑 없이는 살 수 없을 만큼 정말 서로 끔찍이 사랑했다. 사랑이 우선이고 몇 리터에 달하는 물은 그 다음이었다. 농담이 아니라 나는 정말 인생이라는 것을 발견하게 되었다. 그녀의 보들보들한 살결은 내가 그때까지 가지고 있던 모든 의문에 대한 답을 제시해주었다. 그녀의 목덜미는 종교전쟁의 이유를 알려주었고, 강제수용, 입체주의에 대해 설명해주었다. 그녀의 골반은 문학작품으로 치면 걸작이라 할 수 있었으며, 캐러멜 제조과정처럼 미끈했다. 그녀의 발은 뿌리를 잃은 민족들이 겪는 고통이자 권력을 쟁취하고 열대계절풍을 다스리기 위한 투쟁과도 같았다. 등 아래쪽, 두 개의 홈처럼 옴폭 들어간 부분은 아담과 이브에 대한 이야기와 어딘가에 버려졌던 개들이 수천 킬로미터가 넘는 여정을 거쳐 결국 예전 집으로 돌아간다는 이야기를 들려주고 있었다. 그 여자는 세상의 모든 여자였다. 그리고 모든 남자였다. 더 나아가 전 인류였다. 전 인류와 사랑을 나누는 기분이 어떤지 당신들은 알고 있는가? 장담하건대 웃기는, 정말 웃기는 기분이다. 전지전능함을 느껴보고 싶다면 그보다 더 좋은 것은 없을 것이다. 신이 되는 것이 어떤 기분인지 느껴보고 싶다면 그보다 더 좋은 것은 없을 것이다. 그렇다, 나는 그런 여자와 결혼을 했던 것이다. 빌어먹을, 그 순간에 그 여자가 세상의 모든 여자도 세상의 모든 남자도 아닌, 지금까지 지구상에서 단 한 번도 볼 수 없었던 최악의 여자이자 최악의 남자였다고 어떻게 상상할 수 있었겠는가? 그녀의 피부는 노르망디 해변의 모래사장보다도 감미로웠다. 그녀의 몸매가 그려내는 곡선들은 새로운 세계지도였다. 그녀의 엉덩이는 올림포스 산이었다. 그녀는 지리학을 공부했으며 내가 그녀의 허벅지 안쪽을 수에즈 운하와 비교하자 배꼽을 잡고 웃었다.

20

어머니는 말씀하셨다. "세상에는 너를 바보로 아는 사

람들이 있단다. 그런 인간들의 입을 틀어막기 위해서라면 절대로 주저하지 말고 대가를 톡톡히 치르게 해주거라."

또 이런 말씀도 하셨다. "사랑하는 사람을 만나거든 그 사람이 이 엄마를 닮지 않도록 각별히 조심하거라."

어머니는 사실 이런 말씀을 하실 만큼 정신이 멍한 분은 아니셨다. 어머니는 사물의 이치를 잘 깨닫고 계셨던 것이다. 본능적으로 이 세상을 꿰뚫어보고 계셨던 것이다. 하지만 타파웨어 모임 때문에 모든 게 엉망이 되어버렸다. 타파웨어 여성회원들은 각자의 지적 능력을 십분 발휘해 완전 밀폐 용기의 활용법에 대해 어머니에게 설명해주었다. 그렇게 해야 상상에 의한 뒷맛 없이 기억이 온전히 남기 때문이다. 고유한 향에 따라 분별력 있게 보관해야 한다. 서늘한 곳에 따로 보관하기. 그날그날 보관하기. 웨이트워처스 여성회원들은 자신들의 모든 감정을 세분화해서 분류하는 것이 일관성 있고 신중한 다이어트를 위해 매우 필수적이라는 사실을 어머니에게 인식시켜주었다. 분노 3점. 원한 4점. 이번 주 모임은 끝입니다. 회원들끼리는 늘 호의적으로 대하세요, 그러지 않으면 세미나에서 제명될 수 있으니까요. 분류하고, 정리하고, 보관하고. 솔직히 인간적인 면과는 거리가 점점 멀어지는 것 같다.

솔직히 말하면 생활에서 점점 멀어지는 것이다.

21

개수대 분쇄기에 빨려들어가게 할까, 들개 떼거리한테 갈기갈기 물어뜯게 내버려둘까, 쓰레기 수거차에 깔리게 만들까…… 아니다, 너무 고전적이다. 오랑우탄 무리에게 윤간을 당하게 만들까. 나는 복수와 관련된 내 희망사항을 내가 할 수 있는 최극단의 방향으로 끌어가려고 노력중이다. 화염방사기에 잔뜩 성이 난 악어와 대면을 시킬까. 증오심을 유지하겠다는 뜻이다. 샐러드용 야채의 물기를 빼는 용기에 꿀벌 떼를 잡아넣어둘까. 나는 사랑의 단꿈을 꿀 나 자신을 발견하지 않기 위해 동물원의 온갖 종류의 동물들을 해방한 뒤, 잔뜩 약을 올려 아내 앞에 풀어놓을 것이다. 암컷 코뿔소의 질 분비물을 뒤집어쓰고 있는 알몸의 여자를 보면 수컷 코뿔소가 어떤 짓을 할지 궁금하다. 똑같은 여자에게 새끼 사자들의 피를 발라놓으면 어미사자는 또 어떤 반응을 보일까? 꿈은 무능한 자들의 도피행위라고 당신들은 말할지도 모른다. 못난이들의 행동이라고. 하지만 내가 생명의 끈을 놓지 않고 있는 것은 모두 꿈 덕분이다. 꿈속에서 마누라를 피라니아들에게 던져버릴 수 없었다면 나는 아마 이미 오래전에 저세상 사람이 되었을 것이다. 마누라의 입을 벌려 저 목구멍 속까지 살무사를 쑤셔넣을 수 없었어도 마찬가지였을 것이다. 직장(直腸)에 성게를 꽂아넣을 수 없었어도 마찬가지였을 것이다. 꿈이라는 것은 계속 믿음을 유지하는 자들의 전유물이다. 그리고 어느 날, 어딘가에서, 모래 위에 적힌 비법을 알아낼 수 있는 사람들의 특징이기도 하다. 불타는 자동차, 빨간 불로 바뀌기를 거부하는 신호등, 어느 날 당신을 쳐다보는 금발의 꼬마. 어느 날 무언가가 어딘가에서 자기를 기다리고 있다는 사실을 아는 사람들. 그 정도는 애써도 된다는 사실을 아는 사람들. 어딘가에서, 어느 날. 지금도 여전히. 나는 골칫거리가 빚어내는 우발적 상황 때문에 불구가 되는 사람들, 견딜 만한 고통에 알레르기 반응을 보이는 사람들, 최악을 맛보게 될까 두려워 인생 최고의 순간을 날려버리는 소심한 사람들을 도통 이해할 수가 없다. 물론 내 경우는 좀 다르다. 내 경우는 최악이라고 놓고 보았을 때도 심하기 때문이다.

내 최악은 단순히 사랑의 슬픔이 아니다. 사랑의 슬픔은 세아무리 가혹하다 해도 손가락에 박힌 가시 정도에 지나지 않는다. 가시는 대체로 시간이 흐르면 밖으로 빠져나오기 마련이다. 피부 바깥으로 빠져나오지 않는다 해도 새살이 돋아나서 가시를 덮어버리고 결국에는 가시가 없어지기 마련이다. 사랑의 슬픔 정도라면 내게 매일매일 안겨줘도 상관없다. 사랑의 슬픔이야말로 인생의 정수가 아니겠는가. 뿐만 아니라 완벽한 본보기, 가장 강렬한 감정들로 통하는 직접적인 관문이기도 하다. 빌어먹을! 당신의 동공에 콘택트렌즈처럼 붙어 있는 그 만화경, 당신이 대화를 따라가는 것을 막아서는, 영화를 이해하는 것을 막아서는, 변기물 속에 마누라의 얼굴이 보이지 않는 가운데 볼일 보는 것을 막아서는 그 색색의 영상들을 떠올려보라. 양말 한 켤레를 잃어버렸을 때의 날벼락을 기억해보라. 기억이 자아내는 충격, 교차로 한가운데에서 눈물을 펑펑 쏟을 만큼 더럽고 빌어먹을 그 기억이 가져다주는 충격, 성난 운전자들이 경적을 미친 듯이 울려대도 당신들의 귀에는 아무 소리도 들리지 않을 정도로 끔찍한 충격을. 깨달으라. 당신은 그때 그 순간 마치 한 마리 애벌레처럼 벌거벗고 있었다. 정말 홀딱 벗고 있었다. 존엄성이라고는 눈곱만큼도 지니지 못한 가련하고 왜소한 인간은 뭐든지 할 준비가 되어 있다. 왜? 잃을 게 하나도 없기 때문이다.

내 최악은 정말 최악이라고 하기에도 너무 심하다. 그러고 보니 나 자신이 이런 생각을 하고 있다는 사실이 새삼 놀랍다. 이 빌어먹을 난제에도 어떤 의미가 있을 거라는 생각, 어쩌면 그 속에 숨어 있는 뭔가를 발견하게 될지도 모른다는 생각, 그럼에도 불구하고 이 모든 것을 견디고 있는 미친 인간이 과연 누구인가 하는 생각. 아무것도 가진 게 없는 인간, 피골이 상접한 몸뚱어리와 생각만 남은 인간, 자신이 죽을 것이란 걸 알고 있는 인간. 그들은 처음으로 자기 자신과 마주하고 섰다. 철저한 알몸, 자기 자신만이 자신의 알몸을 바라보고 있는 구경꾼인 채로. 본능을 무시할 수 있는 방법은 없다. 땅이 흔들릴 때, 다리 밑으로 땅이 꺼져내릴 때, 그때 당신들의 입에서 튀어나오는 말들. 연쇄충돌사고로 세상에서 가장 아끼는 유일한 존재를 잃었을 때 당신들의 입에서 튀어나오는 말은 평생에 단 한 번 유일하게 진정을 담은 말일 것이다. 사람은 미치고 나서야 자기 자신이 될 수 있다. 그리고 죽은 뒤에야 자기 자신이 될 수 있다.

22

나는 잠자리를 같이했던 여자들의 목록을 작성해보았다. 저 여자와 관계없이 나만이 간직하고 있는 무언가를 잊지 않기 위해서였다. 내가 남자라는 사실을 기억하기 위해서였다. 3년간 질문 하나 던지는 사람 없고, 현실이 아무런 기척도 없이 조용히 사라져버리면, 당신들은 얼마 가지 않아 그동안 사랑을 나누었던 여자가 단 한 명뿐이었다는 사실을 깨닫게 될 것이다.

괴물하고만 육체관계를 맺어왔다는 사실을.

어머니가 항상 되풀이하시던 말씀이 있다.

"기억은 근육과도 같단다. 근육이 없으면 뼈만 남게 되고, 뼈만 남으면 넘어질 수밖에 없어. 기억이 없으면 상상력만 남게 되고, 상상력만 남으면 멍하니 하늘로 날아갈 수밖에 없단다."

나는 넘어졌다. 만일 모든 걸 잊어버린다면 하늘로 훨훨 날아갈 수 있을까? 상상력만 가지고 있는 것, 나는 그게 꽤 재미있을 것 같았다. 하지만 어머니는 내게 일련의 목록을 작성하라고 엄하게 타이르셨다. 할아버지 할머니와 사촌들의 생년월일, 일주일치 학교급식 메뉴, 세 살 때부터 크리스마스에 받은 선물 목록에 이르기까지. 마지막 생일날 무슨 선물을 받았는지 당신들은 기억하는가? 눈썹이 무성하고 짙은 우리 아버지, 아버지는 비록 존재감이 느껴지지는 않았지만 언제나 그 자리에 계셨다. 마치 그림 속의 배경을 짊어지고 있는 수평선처럼.

"긴장을 늦추지 말라고, 이 녀석아! 산타 할아버지도 삐칠 때가 있어. 그러기라도 하면 다음번에는 선물이고 뭐고 아무것도 없다."

그러고는 턱수염으로 내 귀를 막고 귓속말을 하셨다.

"핑곗거리를 떠올려봐. 산타 할아버지는 변덕쟁이 노친네야. 엄마 문제는 아빠가 처리해주마."

살다보면 이런 사람들이 있다. 별것도 아닌 것처럼 모든 것을 가르쳐주는 사람.

가히 최고의 선생들이라 하겠다. 수업을 들을 필요도 없다. 단지 그 수법만 깨우치면 그만이다.

23

오늘 저녁에는 무언가를 배달시켜 먹는 모양이다. 피자.

벨이 울리고 아내가 문을 열더니, 계산을 하고 고맙다는 말과 잘 가라는 말을 남기고 문을 닫았다.

완전히 돈 거 아니야?

내가 죽을힘을 다해 폐가 터져나가라 소리라도 질렀다면 어떤 일이 벌어졌을지 한 번이라도 생각은 해본 걸까? 만약 그랬다면 피자 배달원—적어도 난청 환자가 아니라면. 하지만 정말 난청 환자라면 놀랄 '노' 자가 아니고 무엇이겠는가? 요새 어디 행운이 내 편이었던 적이 있는가?—이 제아무리 덜떨어진 저능아라 하더라도 자신이 배달 온 집에서 무언가 탐탁지 않은 일이 벌어지고 있다는 사실을 깨닫게 될 것이고, 용기 있는 자라면 비명 소리가 들려오는 곳으로 뛰어갈 수도 있을 것이다. 제아무리 비굴한 인간이라 해도 최소한 경찰에 알려야겠다고 판단할 것이다. 도대체 저 여편네는 무엇을 믿고 이런 위험을 자초했단 말인가? 도대체 무슨 이유로 내게 탈출할 빌미를 마련해주고 있단 말인가? 내가 해방된다는 것은 아내의 완패를 의미했다. 그녀의 술책이 숨기고 있는 궁극적인 목적이 점점 내 예상을 빗나가고 있다. 거의 4년에 걸쳐 침묵만을 유지해온 내 성대가 장애물로 여겨지지 않을 가능성도 있을까? 아니면 내가 감금 상태를 즐기기 시작했다고 믿을 만큼 정신이 나가버린 건가? 저 여편네는 미쳤다. 내가 말하지 않았는가. 완전히 돌아버렸다. 맛이 갔다.

그런데 나는 도대체 무슨 이유로 소리를 지르지 않았던 거지?

나는 무슨 이유로 기침 소리 한 번 내지 않고 굴러들어온 복을 차버린 거지?

나는 무슨 이유로 숨을 죽인 채 문에 귀를 대고 조용히 듣고만 있었던 거지?

나는 미쳤다. 완전히 돌아버렸다. 맛이 갔다.

내 술책이 지닌 궁극적인 목적이 가끔씩 내 예상을 완전히 빗나가고 있다.

아무래도 성깔 사나운 그치의 수작인 것 같다. 내 육신을 불법점거한 것으로도 모자라 입 닥치고 가만히 있어도 모자랄 상황에서 별의별 개소리만 골라서 지껄이던 바로 그치의 소행일 것이다. 그러더니 정작 찢어져라 크게 입을 벌려 소리를 질러도 모자랄 판에는 잠자코 침묵을 지키는 것이 아닌가. 분명 그치의 소행일 것이다. 확실하다. 재미 삼아 내 인생을 파탄내고 있는 장본인은 바로 그 빌어먹을 놈이다. 항상 그 자식의 소행이었다. 머저리에 얼간이 같은 자식. 비열하고 파렴치한 쓰레기. 그 쓰레기 같은 자식

때문에 내 유일한 기회를 허무하게 놓쳐버린 것이다.

개똥에 처박고 빌어먹어도 시원찮을 호모, 쓰레기 같은 새끼.

24

즐거운 기념일. 오늘이 바로 내가 낙상(落傷)한 지 4주년 되는 날이다. 하루의 오차도 없는 4주년이다. 아내는 문틈 사이로 축하카드 한 장을 밀어넣는 섬세함을 보여주었다. 카드에는 몇 마디 짧은 인사가 적혀 있었다. "오늘이 기념일이네. 축하해. 그건 그렇고, 계단에서 당신 어머니를 시원하게 밀어드렸어. 대퇴골 경부에 골절상만 입으셨더라고. 더한 걸 바랐는데 말이야."

더이상 할 말을 잃었다. 내 어머니를 구할 수 있었던 유일한 기회는 동네 반대편으로 피자 배달을 하러 떠나버렸다. 가스라도 누출되고, 불이라도 나고, 아니, 운석이라도 떨어졌으면 하는 마음이 너무나도 간절했다. 잠깐! 이 페이지가 내가 쓸 수 있는 마지막 페이지가 될 것이다. 지금까지 읽어준 당신들에게 심심한 사과의 뜻을 전하는 바이다. 당신들은 내가 어떤 식으로 죽게 될지 절대로 알 수 없을 것이다. 여기까지 따라오느라 당신들이 무진 애를 썼다는 점, 인정한다. 어찌 됐든 당신들은 이 일기를 읽을 수 없을 것이다. 이 일기를 당신들이 볼 수 없는 이유는 저 여자가 내 시체를 내다버리면서 일기를 불태울 게 확실하기 때문이다. 그럴 거라면 지금 이 마지막 페이지를 굳이 쓸 이유가 있겠는가? 이 말들, 이 단어들, '이 말들, 이 단어들'이란 말은 또 어디에 써먹겠는가? 상황이 어찌 되었든 계속해서 연명하고 싶어하는 빌어먹을 습관 때문이겠지. 그렇고말고.

25

문제는 당신들이 자살을 못 하도록 발목을 붙잡는 사람이 항상 있다는 것이다.

결과적으로 볼 때 진정한 가학 성향이란 단번에 끝장을 볼 수 있는 물건이나 날카로운 물건을 꽁꽁 숨겨두고 이중으로 잠금장치를 걸어두는 행위이다. 유리. 그리고 약물. 진정한 가학 성향이란 플래시 천으로 된 곰 인형과 치약만을 남겨두는 행위이다. 저 여자는 나를 아주 잘 알고 있다. 빌어먹을 여편네. 자신이 손수 작성한 달콤한 축하의 말이 정확히 어떤 작용을 일으킬지 아주 잘 알고 있다. 어머니를 계단에서 밀어 넘어뜨리는 것이 어머니보다는 오히려 나를 죽이는 확실한 방법이라는 사실을 아주 잘 간파하고 있다. 여기서 잠깐, 다시 생각해보자. 저 여자, 지금 나한테 사기를 치고 있는 건 아닌가. 다 지어낸 얘기, 자기 손을 더럽히지 않으려는 수작이 아닌가. 내가 스스로 숨통을 끊으면 저 여자에게는 살인죄가 성립되지 않는다. 자기 양심에 상처를 주지 않으려는 계략이다. 더 나아가 교묘한 심리조작. 어머니는 그 어느 때보다도 건강하게 잘 지내고 계실 뿐만 아니라, 지금쯤 클라란스* 모임에서 새로 나온 자세내 주름제거 크림을 시험 삼아 얼굴에 발라보고 계실 것이다. 그리고 대퇴골 경부는 정원 의자의 노랗고 하얀 바둑판 무늬 쿠션에 잘 기대어 놓여 있을 것이다. 쾌활하게 웃고 계실 것이며, 행복에 겨운 그 웃음소리의 리듬에 맞춰 어머니 몸속의 모든 뼈가 마치 한 덩어리처럼 들썩거리고 있을 것이다. 화장품 연구개발의 기적과도 같은 결과

* 1954년 프랑스에서 설립된 고가의 화장품 제조 및 판매 회사로, 현재 전 세계에 스킨케어 센터를 운영하며 기능성 화장품을 판매하고 있다.

물을 보시며 까무러칠 듯 황홀해하는 하얀 얼굴의 어머니는 한 남자가 목숨을 걸고 자신을 구할 준비가 되어 있다는 사실은 까맣게 모르고 계실 것이다. 불쌍한 우리 어머니, 어이없을 정도로 순진하기 짝이 없는 우리 어머니. 당신은 제가 끝까지 싸워 살아남아야 할 이유입니다. 참으로 형편없는 인간들이다. 우리네 자식들이란 사람들은. 자칫 잘못했으면 경기를 포기할 뻔했다. 어머니와 같은 성(性)을 지닌 존재가 만들어낸 절대악의 현현(顯現) 앞에서 백기를 들 뻔했던 것이다. 우리에게 생명을 전해준 은인이자 인류의 설계사인 당신네 어머니들을 그냥 그렇게 내버려둘 뻔했던 것이다. 일어나 걸을 수 없다는 핑계로, 창문을 열 수 없다는 핑계로, 당신이 입고 있는 셔츠깃에 마스카라 얼룩을 남기는 사기꾼을 암살할 수 없다는 핑계로 말이다. 우리네 자식들은 아홉 달에 걸친 입덧의 열매를, 온갖 금욕생활의 달콤한 열매를, 당신네 어머니들이 탈진한 몸으로 자신이 창조한 가장 위대한 생명이라 여기는 자식을 세상 밖으로 밀어내기 위해 겪은 몇 시간에 걸친 육체적 고통의 달콤한 열매를 먹을 자격이 없는 족속들이다. 뿐만 아니라, '엄마 한 숟갈, 애기 한 숟갈' 하며 보내는 몇 년에 걸친 이유식 단계도, 어느 아름다운 밤중에 들던 홍얼

거리는 콧노래도, 어쨌든 까맣게 잊어버리고 말 젖먹이 핏덩이를 위해 헌신했던 그 모든 시간을 누릴 자격이 없는 족속들이다. 그래서 결심했다. 꼭 당신을 다시 보러 가겠다고 엄숙히 약속했다. 내게 생명을 주신 어머니를. 비록 흥분해서 지껄이는 이 소리가 순진한 당신 귀에는 어리둥절하게 들릴 위험이 크긴 하지만, 그건 그리 걱정할 일이 아니다. 나는 내가 전하고자 하는 메시지의 본질을 내 어머니께서 이미 파악하고 계실 거라는 사실을 잘 알고 있으며, 어머니는 당신 자신이 내 어머니라는 사실을 잘 알고 계실 것이다. 그렇기 때문에 당신은 가장 위대한 여성이다.

아내는 내가 베개에 얼굴을 파묻고 숨이 막혀 죽을 정도로 괴로워한다고 생각하겠지? 그 모습을 상상하니 즐겁기만 하다. 내가 그 어느 때보다도 강한 생명력으로 불타오르는 지금 이 순간에 말이다! 콧대를 세우며 의기양양해하겠지. 빌어먹을 개 같은 년, 발가락을 다 물어뜯어버리겠다. 머리를 노리는 것은 불가능하니, 아래에서부터 야금야금 먹어치워버리겠다. 필요하다면 발목으로 몸 안의 피를 모조리 뽑아내고, 산만 한 덩치를 무너뜨리기 위해 참수를 하듯 두 발을 잘라내겠다. 그러면 결국 대등한 입장이 되는 것 아니겠는가. 그리고 그 여자가 빈사 상태가 되었을 때쯤 겁탈을 할 생각이다. 왜냐하면 나 같은 경우에는 강간 행위가 범죄에 해당하지 않기 때문이다. 범죄로 치더라도 최소한의 범죄에 해당한다.

잘만 사용하면 불같이 성난 남자의 손에 들린 작은 찻숟가락도 가공할 만한 무기로 돌변한다. 나는 불같이 성이 나 있는가? 그렇다. 가죽으로 된 긴 카우치에 엉덩이를 붙이고 이 글을 읽으며 당신들이 어떤 잡스러운 것들을 처먹고 있는지는 모르겠지만, 어쨌든 나는 당신네들보다는 화가 많이 난 상태다. 제발 부탁하는데, 상대를 어느 정도 존중해주기 바란다. 당신들은 지금 영화관에 와 있는 것이 아니다. 이건 현실이다. 그리고 당신들은 그 현실을 두 눈으로 들여다보는 중이다. 또 잊은 모양이다. 인간이니 그럴 수밖에. 이해한다. 세상에는 단순히 믿지 않고 넘기면 그만인 그런 이야기들이 존재하니 말이다. 모든 게 다 의심스러운 이야기들도. 당신이 그토록 사랑하는 상대방은 지금 이 순간 어디에 있는가? 바로 옆에? 그럼 좋다. 하지만 그 상대방은 무슨 생각을 하고 있을까? 만일 부엌에 있다면 손바닥에 식칼을 감아쥔 그가 거실의 시뻘건 웅덩이

한가운데에 처박혀 창백한 얼굴을 하고 있는 당신들의 면상을 냉장고 벽면에 과녁으로 그려보고 있지 않다고 확신할 수 있겠는가? 목욕물을 받고 있는 중이라면 그가 당신들의 머리를 붙잡고 거품 가득한 욕조 속으로 처박아버릴 일은 없다고 장담할 수 있겠는가? 앞으로는 당신들이 사랑하는 사람이 종이칼로 전기요금 고지서를 열어볼 때 그의 눈빛을 유심히 관찰하라고 충고하는 바이다. 그리고 일찍이 볼 수 없었던 번득이는 색다른 눈빛을 발견한다면, 사정없이 뛰어라. 깨진 유리 조각을 주워담으며 한 번도 본 적이 없는 미소를 지어 보인다면, 역시 사정없이 뛰어라. 당신들이 살고 있는 7층 발코니에서 혼자 구시렁거리는 소리가 들려온다면, 또 사정없이 뛰어라. 미친 듯이 달려라. 아식은 목숨을 부지할 시간적 어유가 있다. 위대한 사랑을 버림으로써 목숨을 구할 수는 있다. 하지만 20미터 상공에서 아스팔트 위로 떨어지면 목숨을 부지하기는 힘들다.

　가만히 생각해보니 내 손아귀에 들어온 물건 중에 치명적인 무기로 돌변할 수 있는 건 거의 보이지 않는다. 아내가 구둣주걱이나 비닐봉지, 압정이나 클립 같은 물건들을 버려주면 좋을 텐데 말이다. 그냥 간단한 인사와 함께 집을 떠나준다면 더없이 좋을 텐데 말이다. 왜냐하면 아파트 내부에 있는 짐들을 통째로 비워버리지 않는 한 아내의 목숨은 시한부 신세로 전락할 수 있기 때문이다. 이제 그 여자의 목숨은 내 손에 달려 있다. 그 여자의 죽음은 이제 내 차지다. "여보, 이런 경우를 두고 상황이 반전됐다고 하는 거야. 인정해. 좀 놀랍긴 하겠지. 하지만 당신도 알다시피 이건 고도의 노림수야. 당신이 모든 역사를 써나가고 있다고 생각했겠지. 마리오네트의 끈을 잡아당기고, 우리 두 사람이 잔혹하면서도 감미로운 왈츠를 추도록 만든 것도 당신이라고 생각했겠지. 하지만 당신이 보다시피 여기서 무언가를 써나가는 유일한 사람은 바로 나야. 내 손가락 끝에서 춤을 추고 있는 것도 내 펜이야. 내 펜은 지금 무차별적으로 맹렬한 폴카*를 추고 있다고. 그리고 결말을 짓게 될 도구도 바로 내 펜이야. 당신의 최후를 결정지을 펜. 내 손가락들이 선보이는 죽음의 폴카.

---

* '폴란드 아가씨'라는 뜻을 가진 보헤미아의 전통춤. 빠른 2박자의 특징 있는 리듬을 지녔다.

26

　나는 입을 열지 않고 그녀에게 모든 것을 말해주었다. 나는 정말 너무나도 훌륭한 무언(無言)의 달변가였다. 또한 완벽한 벙어리 연기를 하는 침묵의 마술사로, 제때에 제대로 된 사람, 그러니까 당신들 앞에 감자튀김을 곁들인 스테이크를 내올 수도 있고 난동을 피울 수도 있다. 단어라는 것들은 모든 것을 축소시킨다. 그것들은 언제나 액체보다 유연한 사상에 비해 훨씬 단단한 고체의 성질을 지니고 있으며, 그 사상 속에 촘촘히 틀어박힌 채 마치 폭풍우에 겁을 집어먹은 양떼처럼 서로서로 다닥다닥 몸을 붙이고 있는 원자들보다도 훨씬 단단하다. 즉, 단어들은 알파벳 체계라는 틀을 통해 사상을 옥죄고 있으며 사상의 숨통을 틀어막고 있다. 뿐만 아니라 지각할 수 없는 실체를 앗아가버린다. 단어들이란 정말 쓸모없는, 정말 쓸모없는 것들이다. 그렇기 때문에 내가 가진 침묵은 감히 말하건대 지상 최고로 아름다운 사랑고백이었으며, 내 청혼은 그녀의 표현을 빌리자면 '무성영화의 부활'과도 같았다. 지구상에서 한 시간 동안 "난 널 사랑해"라는 사랑고백이 과연 몇 번이나 울려 퍼질까? 매 분 10여 개의 각기 다른 언어로 울려 퍼질 "내 아내가 되어주겠어?"는 또 몇 번일까? "당신은 내 평생의 여자야"는 몇 번이고, "당신과의 잠자리는 정말 환상적이야" 혹은 "당신, 잠깐 뒤돌아볼래? 당신 목에 걸어주고 싶은 게 있거든"은 또 몇 번이나 쏟아져 나올까? 아마 수학자라도 머리가 빙빙 돌 것이다. 나는 땅바닥에 무릎을 꿇은 적도 없고, 주머니에 숨겨두었던 보석 상자를 꺼낸 적도 없다. 그저 매일 아침 내게 주어진 파이만 게걸스럽게 먹어치웠을 뿐이다. 방수포 위로 줄줄 흘러내리는 크랜베리 잼이 든 파이. 그리고 그녀는 그러겠다고 대답했다. 그러겠다는 대답은 '평생토록 아침마다 당신이 게걸스럽게 파이를 먹는 모습을 바라보겠다'는 뜻을 함축하고 있으며, '세상 끝날 때까지 진분홍빛 끈끈한 입술을 내 입술 위에 포개겠다'는 뜻을 함축함과 동시에 '마지막 날까지, 생의 마지막 날까지 버터 기름기가 남아 있는 당신 손가락으로 내 뺨을 어루만져달라'는 뜻을 함축하고 있었다. 나는 그녀에게 결혼해달라고 말하지 않았다. 그녀는 내가 어떤 말을 뱉어낼 필요성을 느끼거나 말거나 상관없이 그러겠다고 대답했다. 당신들에게 사실을 밝히자면, 그날 아침 내가 정말로 그 여자와 결혼을 하고 싶은 마음이 충만했는지조차 기억이 나지 않는다. 하지만 그러겠다는 긍정의 대답은 어떤 특정한 질문에 대한 대답이어야만 했고, 내 침묵은 그 자체로 그녀에게 특별한 뜻을 지닌 청혼으로 여겨졌던 것 같다.

그녀가 말했다.

"몇 분 전에 잠에서 깬 당신의 두 눈, 그 눈빛이 내게 범상치 않은 말을 던질 거라는 걸 알려줬어."

그날 아침 내가 내 두 눈으로 그런 얘길 정말 했는지는 기억이 나지 않는다. 신께서 손수 광휘를 심어주신 매일 아침 내 두 눈이 요구하는 범상치 않은 무언가가 있다면 그건 단순한 평화일 뿐이다. 그녀는 그 밖에도 '침묵을 유지하면서도 너무나도 달변인' 나만의 독특한 화법이 정말 듣기 좋다고 치켜세우며 심지어 아부에 가까운 극찬의 말도 아끼지 않았다. 그랬다. 단어들은 그녀에게서 흘러나왔다. 그 단어들, 나는 생생히 기억하고 있다. 그 이유는 그 단어들을 생각할 때면 그다지 달갑지 않은 모든 다른 단어들이 귓전을 스치고 지나갔기 때문이다. 물러터진 머저리 하나 길들이는 그런 단어들. 물고기 한 마리를 마음대로 가지고 노는 그런 단어들. 주도권의 끈을 여전히 잡고 있는 그런 단어들. 그리고 침묵 속에 모든 것을 막 밀어넣는 단어들. 거기에 공동생활, 아파트 구입, 사헬* 관광여행까지 포함되는 그런 단어들. 거기다가 어느 날 아침에는 결혼이라는 단어까지. 사랑에 빠진 그 남자, 완전히 한심한 멍청이였다.

나는 그녀에게 결혼해달라고 부탁한 적이 없다. 다음날, 아니면 또 다른 어느 날 청혼을 했을 수도 있겠지만, 그날 아침은 아니었다. 내 손가락에 반지가 끼워졌다. 내 약손가락을 슬며시 집어들고 아무렇지도 않은 척 살짝 결혼반지를 끼워넣었다. 사악한 것. 하지만 그 사악한 것도 일주일을 넘기지는 못할 것이다.

27

그 친구 어떻게 빠져나왔더라? 〈미저리〉에 나왔던 그 친구. 알다시피 편집증 환자로 분한 캐시 베이츠한테 감금되었던 그 작가, 두 다리가 모두 분질러진 채 꼼짝없이 증오와 고통을 삭이며 침대에 누워 지내던 그 작가 말이다. 그 작가의 어처구니없는 처지는 지금 내가 겪고 있는 상황

---

* 아프리카 사하라 사막 남쪽 가장자리의 지역명.

과 정말 심각하리만큼 닮은꼴이다. 그 친구, 인생이란 참
으로 아이러니하다는 생각에 골치깨나 썩었을 게 틀림없
다. 별볼일 없는 촌뜨기 노처녀가 자신보다 상상력이 뛰어
나다니…… 성공한 작가인 자신보다…… 땅 파먹고 사는
촌구석 아낙이 인정받는 소설가에게 더할 나위 없이 엽기
적인 이야기를, 진정한 실화를, 그것도 실시간으로 안겨주
고 그에게 꽃까지 가져다주며 그를 이야기의 주인공으로
만들어버렸으니…… 어처구니없는 그의 인생에서는 일이
라는 게 좀처럼 순리대로 풀리지 않았다. 완전히 정신나간
미친년에게 잡혀 살아야 했으니 말이다. 그 편집증 환자
옆에 우리 마누라를 데려다놓는다면, 마누라는 은근슬쩍
성녀(聖女)로 둔갑할지도 모를 일이다. 어쨌든 내 기억력
이 그리 나쁘지 않다면 그치는 결국 게임에서 승리했다.
하지만 내 기억력은 그다지 신통치 못하다. 지금에 와서
기억의 그 빈 구석이 이토록 개탄스러울 수가 없다. 그 빈
구석이 시나리오 최고의 명장면으로 들어가는 길을 차단
해버렸기 때문이다. 자신의 운명을 향해 비웃음을 짓는 그
마지막 장면을 도저히 머릿속에서 재구성할 수가 없다. 좀
더 현실적으로 생각해보자. 나는 발목이 박살난 상태는 아
니지만, 체중의 열세라는 치명타를 먹고 들어간다. 내 치

명타는 바로 체중이다. 설상가상으로 숨은 자객처럼 발목을 잡는 내 자세 또한 그리 희망적이지 않다. 난 바닥에 붙어 사는 사람이다. 그리고 기본적으로 사람들은 양탄자를 그다지 두려워하지 않는다. 유일하게 완벽한 것이라고는 화가 전부다. 무결점의 화. 내 잘못이 있다면 결심을 한 즉시, 그러니까 처리해야 할 나머지 일들이 산을 들어올려 적을 향해 내리꽂을 힘을 내 두 팔에 밀어넣어주고 있는지 제대로 확인해봐야겠다는 확신이 든 바로 그 순간에 즉각적인 반응을 보이지 않았다는 것이다. 화는 아물지 않고 그대로 남아 있는 반면, 분노는 사그라지고 만다. 분노는 대양이 집어삼킨 아스피린 신세를 면치 못한다. 그런 분노를 유일한 무기로 삼을 수는 없는 법이다. 단단하고 무거우면서도 예리한 무언가가 필요할 것 같다.

아내가 쇠약해진 상태로 앓고 있을 때 그 여자의 목을 향해 몸을 던졌어야 했다. 그녀가 건강을 회복하고 힘을 되찾은 지금, 미래는 위험천만할 정도로 불확실하다.

이런 상태에서 당신들 중 내 성공을 장담할 수 있는 사람이 있는가? 단 한 사람만이라도. 지하철 좌석에, 거실에, 부엌에, 노인용 의자에, 이틀 전에 배송된 물침대 위에, 배달사고로 잘못 배송된 휠체어 위에, 기억도 나지 않을 만큼 오래전에 설치한 플라스틱 변기 시트 위에, 실수로 잘못 날아든 당신들 배우자의 얼굴에 엉덩이를 쑤셔 박고 있는 당신들 중에서 단 한 사람이라도, 어딘가에 편하게 엉덩이를 처박고 앉아 있는 당신들 중에서 정말 단 한 사람이라도 이렇게 말할 수 있는 사람이 있는가?

"저 친구, 뭔가가 있어. 여편네를 기필코 가루로 만들어버리고 말 거야."

당신들은 이 일기의 첫 줄을 읽기 시작하면서부터 내가 이미 패배했다고, 우리 마누라보다는 차라리 온몸에 전이된 종양이 내 생존 가망성을 더 높여줄 거라고 여기지는 않았는가? 이 일기를 계속해서 눈으로 좇으며 당신들이 느꼈던 나름의 즐거움은 타이타닉 호의 침몰을 지켜보며 느꼈던 그런 희열은 아니었을까? 불꽃 튀는 셰익스피어의 손가락 사이에서 한 여자를 두고 각각 사랑에 빠진 베로나의 두 신사가 벌이는 결투를 지켜보듯 침을 질질 흘리며 구경하고 있지는 않았는가? 이런 당신들을 속된 말로 관음증 환자라고 한다. 그러나 내 식으로 표현하자면 한심하기 짝이 없는 머저리들이라고 하겠다.

당신들이 생각할 수 있는 그런 것들, 난 개의치 않겠다. 염병할 관심조차 없다.

거짓이다. 그렇다, 온탕 속에 들어가 시원하다고 말하는 사람들처럼 난 새빨간 거짓말을 만들어내고 있다. 당신들이 나를 믿어줘야만 한다.

저 괴물을 향해 치명타를 날리기 위해서는 신뢰와 지원이 필요하다.

그리고 총이 필요하다.

하지만 나는 당신들과 내가 같은 시기를 살고 있지 않다는 사실을 까맣게 잊고 있었다. 그렇다, 당신들과 나. 당신들에겐 이 이야기가 멀고 먼 까마득한 과거의 일이라는 사실을 전혀 생각지 못했던 것이다.

내가 서 있는 현재.

그건 당신들의 과거일 뿐.

시공간적 고독이 나를 좌절시킨다.

내일이 될 것이다. 내일이 되어야만 한다. 의지가 점점 약해지는 것이 느껴진다. 피곤에 지치고 부산을 떨지도 않는 내 의지. 내 화에서 떨어져 나온 불꽃이 내 의지를 마치 손톱 위에 떨어진 촛농처럼 약하게 만들고 있다. 이제 시간이 왔다. 믿고 넘겨주었던 모든 것을 흐물흐물 약하게 만드는 그 빌어먹을 시간. 그 빌어먹을 시간에게 뭐가 되었든 믿고 맡긴다는 것 자체가 말이 안 되는 일이다. 그 빌어먹을 시간에게 아무리 사소하더라도 미덕이라는 개념을 부여한다는 것 역시 상상할 수 없는 일이다. 시간은 비열하기 짝이 없는 녀석이다.

아무튼 내일이 될 것이다. 내일이면 저 여자 아니면 나로 결판이 날 것이다. 나. 내가 되는 편이 훨씬 만족스럽긴 하겠지.

28

당신들은 알고 있는가? 여름날 아침 하얀 이불을 뚫고 들이와 장난을 치는 햇살을? 그 이불 속으로 그녀가 숨겨 들어온 어여쁜 얼굴과 피곤해 보이는 두 눈을? 당신들은 알고 있는가? 여봐란 듯이 눈에 확 띄는 수많은 점과 어우러져 마치 색연필로 그려놓은 듯 눈가에 자리잡은 귀여운 기미들을? 당신들은 알고 있는가? 그날이 뜨거운 하루가 될 거라는 사실을 이미 느꼈을 때의 그 사랑, 아담하고 하얀 그 발. 당신들은 알고 있는가. 그 아담한 발, 항상 방 안의 뜨듯한 카펫 위에 올려져 있던 아담하고 차가운 그 발,

마치 자기만이 유일하게 상대를 만질 수 있다는 걸 안다는 듯 유연하게 다가와 더듬어주던 그 손. 당신들은 그런 것을 알고 있는가.

저 여자가 죽고 나면 내가 보관하고 싶은 것들이다.

그녀의 두 발. 두 손.

나는 이성을 벗어난 행동을 할 사람은 아니다. 단지 그 손, 그 발의 추억이면 그만일 뿐.

당신들은 알고 있는가. 마치 더 먼 외양(外洋)으로 은밀하게 밀어내려는 듯, 마치 물에 빠져 죽는다는 생각을 잊게 해주려는 듯, 허연 거품으로 감싸안으며 요람처럼 흔들어주려는 듯 떠밀려온 당신을 육지로 돌려보내지 않으려는 그런 바다. 당신들은 알고 있는가. 사랑, 당신의 두 눈을 감게 만드는 그 부드러운 손길. 사랑받는 존재. 끝없이 깊고 깊은 심해 같은 그 사랑, 목숨을 걸고 뛰어든 그 사랑. 당신들은 그런 것을 알고 있는가.

나는 이 모든 걸 가르쳐준 저 여자가 죽기 직전에 반드시 감사의 말을 전할 것이다.

"고마워. 이젠 뒈져버려."

나는 이성적인 대처법을 잘 알고 있다. 저 여자에게 사랑한다는 말은 하지 않을 것이다.

지금 시각은 아홉시. 아마 대략 아홉시쯤 됐을 것이다. 저 여자, 부엌에 들어가더니 끔찍할 정도로 난리법석을 피우고는 나가버렸다. 접시가 깨지는 소리가 들려왔다.

깨진 채로 바닥에 널브러진 유리조각을 밟는 소리.

단단하고 무거우면서도 예리한 것.

나는 당신들처럼 어딘가에 편안하게 엉덩이를 붙이고 앉아 있지는 않지만 재수는 우라지게 좋다……

뱃속에서 순수한 에너지가 용솟음치고 두 손에는 살인무기가 들려 있다. 병신 같은 여편네가 설탕을 담아두었던 유리용기를 떨어뜨려놓고서는 치울 생각도 없이 나가버렸다. 이런 걸 두고 계시라고 하는 것이다. 범죄로의 초대. 나는 백색가루와 함께 나뒹굴고 있는 유리파편들을 그러모았다. 개중에는 설탕 입자처럼 미세한 유리조각도 있었다. 나는 그걸 보고 혓바닥을 내밀어 핥아먹을 정도로 과감한 인간은 아니다. 그것을 혓바닥으로 쓸고 지나가면, 아무리 유심히 살핀다 해도 내 감시망을 벗어난 유리조각 때문에 구강돌기가 세로로 길쭉하게 찢어질 게 뻔하기 때문이다.

그런데 골칫거리가 하나 발생했다. 상황을 가만히 두고 생각하면 할수록 저 여자의 실수라고 넘기기엔 뭔가 이상했다. 설정의 냄새가 직감적으로 풍겼다. 천우신조라고 여기기엔 너무나도 인위적이었다.

단순한 부주의로 치명적인 살인무기를 적의 손에 넘기는 법은 없다.

살인무기를 적의 손에 쥐여주는 것은 그걸 교묘히 조작해 상대에게 치명타를 날리기 위함이다.

청산가리에는 어떤 광물이 포함되어 있지? 필연적으로 즉시 효능이 발휘되는 걸까? 비소도 맛을 지니고 있을까? 스트리크닌*도 향을 지니고 있을까?

사각치즈 조각과 함께 카펫 위에 올려놓은 덫에 하찮은 한 마리 생쥐처럼 걸려들고 말았다는 불길한 느낌이 감돌았다. 송어가 수면 가까이에서 푸른 빛을 받으며 홀로 춤추고 있는 지렁이를 낚아챌 때도 나보다 오랫동안 심사숙고하지 않을까 싶을 정도다.

빌어먹을 년, 수면제를……

잠깐, 잠깐만. 내가 너무 성급했을 수도 있다.

---

* 발기중추흥분제의 일종.

아니다, 확실하다. 나는 잠들고 있다.

빌어먹을.

정말이지 살면서 이렇게 겁나는 일이 있을 줄이야. 깨어 있어야 한다. 정신을 똑바로 차리고 있어야 한다. 졸음과 싸워야 한다. 멈추지 않고 써내려야 한다. 쓰고, 쓰고, 또 쓰고. 나한테 무슨 짓을 하려는 거지? 치사량을 썼을까? 아니면 내가 무의식 상태에 빠지면 자기 손으로 직접 내 몸을 찢어발기는 기쁨을 누리려는 것일까? 식은땀이 줄줄 흘러내린다. 가련한 내 몸뚱어리, 너도 이제 끝이구나. 불쌍한 육신아, 제발 잘 견뎌주기 바란다. 이렇게 부탁한다. 내가 어렸을 때, 정확히 공원 한가운데에 수령이 백 년도 더 된 떡갈나무 한 그루가 있었다. 아버지가 어머니와 은밀한 대화를 나누기 위해 덤불숲 뒤로 사라지면, 내가 기다리던 곳이 바로 그 나무 아래였다. 뭐, 그렇다고 아동유기라고 볼 수는 없다. 나무 아래에는 나보다 더 딱한 처지의 애들이 수도 없이 많이 있었으니까. 그 아이들의 집에서는 아버지와 어머니의 은밀한 대화가 사라진 지 벌써 오래였다. 반면에 사랑이 넘쳐나는 우리 가족이 나는 자랑스러웠다.

꼭 그 떡갈나무를 다시 보러 갈 것이다. 내 인생에서 영원히 변치 않고 남아 있을 그 나무. 아마 그 나무가 유일할 것이다. 백 년도 더 된 떡갈나무. 자기 자신에 충실하고, 허망한 약속도 쓰디쓴 배신도 하지 않는 그런 나무. 내 사랑, 내 얘기가 들려? 허망한 약속도 없고 쓰디쓴 배신도 없다는 그 말……

29

이해할 수가 없다. 내 몸은 여전히 먼지나는 매트리스 위에 놓여 있고, 펜 역시 내 손에 쥐여 있다. 시커먼 정육면체의 벽, 누추한 내 지리적 위치 속에 자리잡고 있던 기하학적 밤의 끄트머리가 없었다면, 내가 몇 시간 동안 그 상태로 잠에 빠져 있었다는 것을 믿을 수 없었을 것이다. 나는 잠에서 깨어나면 중세에나 사용되었던 고문기구들이 내 사지에 채워져 있고 목구멍 깊숙이 재갈이 물려 있을 거라 생각했다. 그리고 아내가 그런 나를 향해 미소를 지어 보이며 지옥에 있을 나 같은 인간의 전형들을 만나러 갈 시간이라고 차분하게 알려줄 거라 생각했다. 의식이 들었을 때 컴컴하고 비좁은 데다 안감을 잘 누벼놓은, 내 체구에 딱 들어맞는 상자, 즉 관 속에 들어가 몇 톤에 달하는 서늘한 흙더미 밑에 깔려 있지는 않을까 걱정했다. 아니, 다시는 깨어나지 못하리라는 생각도 했다. 그만큼 모든 가능성을 다 떠올렸다. 지금 같은 경우만 빼고. 이건 너무 소극적인 처사다. 정말 실망스러울 정도로. 저 여자, 분명히 즐기고 있다. 아니면 수면제의 용량을 잘못 조절하여 내가 죽었을 거라 믿고 있을 수도 있다. 알 수 없는 일이다.

무슨 일인지 알겠다. 며칠 전부터 욕실 수도꼭지에서 물이 새고 있었다. 배관공을 불러들이면 될 일이었다. 간단하게.

내가 집 안의 걱정거리를 몇 개 만들었다니, 정말이지 기쁜 일이다.

아무튼 결과를 보아하니 나를 살려둘 속셈인 것 같다. 일단은 희소식이라 생각된다. 가련한 여편네, 내가 자기의 산 만한 배때기에 바람구멍을 내줄 날카로운 유리조각을 침대시트 밑에 숨겨두었다는 사실도 모르고 있다니! 불쌍한 머저리. 정말 저 여자는 한 남자가 과거의 '영예'를 되찾을 시도조차 해보지 않고 이렇게 동물처럼 사육되는 상태로 평생을 살아갈 수 있다고 생각하는 걸까? 정말이지 저 여편네의 방식에는 도대체 일관성이라고는 보이질 않는다. 내가 소리를 질러 도움을 요청할지도 모르는 상태에서 피자 배달원에게 문을 열어주질 않나, 배관공을 불러들이기 위해 나한테 약을 먹이질 않나, 그 자체로 무기가 될 만한 모든 물건은 깡그리 숨기거나 버리면서도 깨진 유리 조각을 내가 수거하도록 방치하질 않나, 거의 폐허가 되다시피 한 더러운 집에서 자신이 그토록 혐오하는 물건들을 끼고 칩거생활을 하면서도 별것 아닌 누수 문제를 해결하려고 기상천외하면서도 교묘한 수단을 동원하질 않나. 하루하루가 갈수록 저 여편네의 심리적 불균형 상태가 눈에 띄게 두드러진다.

아무튼 저 여자, 자신도 모르게 생명단축 유예기간을 24시간은 번 셈이다. 뭐가 되었든 오늘밤 일을 벌이는 것은 무모하고 위험해 보인다. 수면제 때문에 불타는 증오심이 간신히 내 몸에 붙잡아두고 있던 미약한 힘마저 그나마 무뎌졌고, 지금이 몇 시인지 알 길이 전혀 없기 때문이다. 11월에는 태양이 늑장을 부리는 법이다. 저 여편네가 벌써 일어나 돌아다니고 있을지도 모를 일이다. 내일이다. 아름다운 내 인생에 드디어 서광이 비칠 날이. 아무렴! 난 그럴 자격이 있고말고.

30

나이 먹은 떡갈나무 꿈을 꿨다. 나 어렸을 적 공원 한가운데에 솟아 있던 백 년도 더 된 떡갈나무. 그 나무의 어마어마한 줄기는 벌써 몇십 년 전에 땅에 뿌리를 내리고 있었고, 아이들이 모여 허풍을 떨고 있으면 그 위로 거대한 나무그늘을 만들어주었다. 모든 게 매혹적인 몽상이나 달콤하고 소박한 꿈처럼 느껴졌다. 정말 몇 년 만에 처음으로 경험하는 나른한 순간이었다. 그런데 갑자기 나무가 거의 느껴지지 않을 정도로 흔들리면서 알아들을 수 없는 말을 웅얼거리기 시작했다. 나무가 내 목소리를 내고 있었던 것이다. 더 자세히 살펴보니 나무껍질에 내 몸에 난 상처가 고스란히 새겨져 있었다. 내 왼쪽 눈썹 위 돌출부에 난 상처는 나무 위쪽에 작게 벌어진 틈, 그러니까 나무줄기가 불규칙적이고 흘겨보는 듯한 형태의 가지로 갈라지는 부분에 해당했으며, 내 오른쪽 무릎에 난 다른 상처는 한 꼬마녀석이 칼을 가지고 자신의 이름 첫 글자를 새겨넣으려고 한 부분에 기이한 형태를 만들어내고 있었다. 칼날이 내 살을 후벼파는 것이 느껴지는데 어찌 고통스럽지 않겠는가! 내가 바로 그 나무였고, 피가 흘러나오진 않았지만 그 나무껍질이 바로 내 살갗이었다. 백년살이 떡갈나무인 나는 나를 볼품없는 난쟁이 나무로 만들어버릴지도 모를 어린아이들에 둘러싸여 있었다. 무리 중 몇몇이 끝에 쇠갈고리가 달린 줄을 던져올리며 내 육신을 타고 기어오르기 시작했다. 녀석들은 고사리 발에 신은 신발 밑창으로 내 표피를 박박 긁어가며 기어올랐고, 나는 그 즉시 내 생식기에 해당하는 부분을 찾아 헤매느라 진땀을 뺐다. 장담하는데 그 기분 더러운 시간은 거의 15분이나 지속되었다. 어린이들에게 학대받지 않고 지낸 지는 아주 오래되었다. 내가 당신들에게 그들의 이야기를 언급한 뒤로 꼬마들은 밤시간 동안은 줄곧 모습을 드러내지 않던 터였다. 나는 일기 치료법이 효과가 있다고 생각했었다. 쓸데없는 헛소리. 여자들의 전유물. 하지만 앉은뱅이 지도자는 보이지 않았다. 그 친구, 아마 젖먹이 아이들의 다리를 이식했을 것이다. 내 생각이 그렇다는 것이다. 그 앉은뱅이는 내 두려움이 점점 사라지고 있다고 판단했을 것이다. 그리고 나를 가둬두고 있는 덩치 큰 괴물 같은 여자에 맞서 자신의 상상력을 입증해 보이는 게 이로울 거라고 생각한 듯하다. 자신이 내게 얼마나 끔찍한 존재인지를 재인식시키기 위해서 말이다.

달콤하고 소박한 꿈, 난 그 꿈을 내 손으로 직접 이뤄낼 것이다. 그것도 오늘밤에…… 그 꿈을 위해 피가 뿌려지 겠지만, 죽음을 전제로 하지 않는 자유가 어디 있겠는가?

31

동네가 우리를 향해 쓰러져내린다. 기진맥진하여 비틀 거리는 동네가 여전히 부끄러워하는 어둠을 끌어내는 하 늘을 올려다보고 있는 우리의 머리 위로 무너져내린다. 우 리 두 사람은 어떻게 보아도 평범하기 짝이 없는 벤치 위 에 앉아 있었다. 손가락으로 만져보면 우툴두툴하고 엉덩 이가 배길 만큼 딱딱한 벤치, 다양한 신체조건을 가진 사 람들, 다양한 연령층의 사람들이 예전부터 지금까지 수도 없이 앉아본 그런 벤치였다. 어둠은 마치 겁을 집어먹은 듯 연기를 하고, 초짜 스트리퍼처럼 천천히, 하지만 어색 하게 자신이 입고 있던 낮이라는 옷을 벗어던진다. 나는 그 어둠을 사랑한다. 내가 그 여자를 사랑하게 된 뒤부터 길어진 그 시간을 나는 사랑한다. 나는 우리의 육체가 원 하는 욕망을 살짝살짝 끊어주는 고요하고 정적인 그 끝없는 순간들에 흠뻑 취해버렸고, 숨가쁘게 몰아치는 볼거리 중간중간에 있는 막간 휴식을 즐기듯 그 순간들을 음미했다. 막간의 휴식이란 그것이 잠시 동안의 휴식이란 것을 알 때에 비로소 달콤하게 다가오며, 볼거리는 클라이맥스를 예측할 때에 비로소 가슴 설레는 기다림이 될 수 있다. 깜짝 놀란 우리의 얼굴은 기울어가는 달빛에 물들어 있었고, 우리의 손가락은 서로 얽혀 과감하게 사랑을 나누었다. 나는 이 여자와 같이 살고 싶다는 생각이 들었다. 그녀의 허름한 옷이 손바닥만큼 비좁은 내 방에 유일하게 달려 있는 붙박이장 서랍 맨 아래칸으로 내 옷을 밀어냈고, 환기는 해야 했기에 창문을 살짝 열어놓았다. 그 외 잡거생활에 늘 뒤따르는 사소한 타협들, 나는 그런 것들을 두 팔 벌려 모두 받아들였다. 스무 살의 나이에. 왜냐하면 그런 것들은 타협이 아니라는 사실을, 사랑에는 조건이 없다는 것을 잘 알고 있었기 때문이다. 타협이라는 것은 가족간에 혹은 사무실에서나 이름값을 한다. 사랑으로 풀어보자면 타협이란 타인의 행복을 기원하는 것이라 할 수 있다. 그녀는 잠시 동안 내 눈치를 살피더니 말을 이었다.

"좋아요, 같이 살아요."

"당신이 그걸 어떻게……?"

"당신은 말 없이도 표현할 수 있는 그런 사람들 중 하나잖아요."

그녀는 언제나 내 곁에 두고 지켜주고 싶은 그런 사람들 중 하나였다. 그녀가 나를 보며 미소를 지었다. 마치 내 마음을 이미 들여다본 사람처럼.

32

배관공.

나라는 인간이 보여줄 수 있는 순진함은 정말 어이를 상실할 정도다. 백설공주도 내 옆에 있으면 냉소적인 괴물 취급을 받을 것이다.

끊임없이 최악의 상황을 걱정하며 아이를 키운다면, 고약한 일로 낙담하는 일이 많이 줄어들 것이다.

왜냐하면 솔직히 말해 모든 인간의 마음속에는 어느 정도 선한 면이 숨겨져 있다는 환상을 자식에게 심어주는 행위는 교육적으로 볼 때 이만저만 커다란 실수가 아니기 때문이다. 연민과 사랑으로 주변사람들을 대하라는 가르침으로 자식을 키우는 행위 역시 몰상식한 짓이다. 하물며

원수를 사랑하고 적을 용서하는 길이 최선이라는 것을 자식에게 체험하게 해준다면 그건 정말 계산착오적인 행위이며, 기독교 교육이라도 시킨다면 자식이 이유도 모르고 얼굴이 만신창이가 되어 들어오는 꼴을 항상 지켜봐야 할 것이다.

자식이 걸을 수 있는 나이가 되자마자 싹수가 노란 것들과 어울려 다닌다면 현실을 실감하게 될 것이다. 한계를 모르고 끝없이 잔혹하기만 한 세상, 아이를 잃고 실의에 빠진 한 어머니의 집 창문 아래에서 죽은 아이의 목소리를 흉내내는 지독하게 사악한 친구를 만난다면, 정말이지 한 평범한 인간이 벌일 수 있는 엄청난 짓거리에 대해 잘 알게 될 것이다.

배관공.

어렸을 때, 나는 새끼 고양이를 집단으로 구타하는 친구들을 본 적이 없다.

같이 공놀이를 하던 친구 중에는 여자아이들의 이빨 사이에 벌레를 쑤셔넣는 애들도 없었다. 사실 그런 대접은 여자아이 중에서 다른 아이들보다 조금 더 뚱뚱하거나 조금 덜 예쁘면 으레 치러내야 할 통과의례였다.

내가 어렸을 때 할 수 있었던 최악의 만행은 소극적으로 욕설을 뱉어내거나 머리에 껌을 붙이는 정도가 전부였다.

이런 경험이 전부인 내가 어떻게 지금 같은 상황을 상상이나 할 수 있었겠느냔 말이다!

당신의 기대치를 넘어서는 자식이 과연 당신이 낳은 자식인지 의심하는 어머니에게서 줄곧 내리사랑만 받고, 좋든 싫든 자식을 당신의 아성까지 끌어올리려 하는 아버지의 거대한 그림자 안에서 지내다보면, 그다지 준비된 인간이 될 수 없다. 그렇기 때문에 세상이 실질적으로 더 아름답게 보이는 것이다.

배관공.

만일 내가 어머니도 포기하고, 폭력이 일상인 아버지에게 매일 얻어맞고 사는 코흘리개 어린아이였다면 더 경쟁력을 갖추게 되었을지도 모른다.

내가 겪었던 최악의 벌이라고 해봐야 제대로 발가벗겨진 채 집 밖으로 쫓겨나는 일뿐이었다. 열 살의 나이에, 자존심이 나 자신보다 더 중요했던 그때, 안 받아들일 수도 없었던 어머니의 모성적 편애에 반기를 들었던 바로 그날 말이다. 아파트 현관에서 엄마에게 "쌍년"이라는 전대미문의 욕설을 입 밖에 뱉어내는 행위는 싸대기를 얻어맞아도 할 말 없는 짓거리이거늘.

이렇게 살아온 내가 어떻게 이 같은 엄청난 음모를 머릿속에 떠올릴 수 있었겠느냔 말이다!

배관공이 다녀갔다는 것은 이미 여러 사람이 나도 모르는 사이에 내 문전에서 무언가를 손보았으며, 내 몇 미터 앞에서 땀을 흘리고, 땀에 젖은 티셔츠 차림으로 내 방문 앞을 스쳐 지나가고, 그들의 거친 손이 내 방 벽을 어루만졌다는 것을 의미한다. 그들은 아내가 막아서기 전에 내 방으로 들어오려 했을까? 혹시 내 방이 비어 있는지 물어보았을까?

그 즉시 깨닫지는 못했다. 몇 년 전부터 삐딱한 상태로 액자 안에 끼워져 복도 벽에 초라하게 걸려 있던 모네의 복제품 몇 점이 모조리 사라진 상태였지만, 솔직히 내 관심 밖이었다. 나를 흥분시키는 것은 오로지 내게 적대적인 찬장문과 악의적인 냉장고와 벌일 최후의 사투뿐이었다. 그러나 역겨운 진실은 내가 팔꿈치로 힘차게 문을 박차고 밖으로 나왔을 때에야 그 실체를 드러냈다. 부엌이 엄청나게 넓어져 있었다. 냉장고와 식기 세척기가 놓여 있던 자리에 본래의 허연 타일바닥이 드러나 있었다. 누런 때로 얼룩진 바닥을 그 오랜 시간 동안 뒹굴고 다녔다는 생각이 들자 역겨움에 얼굴이 일그러졌다. 너무나도 감당하기 힘든 현실과 마주하면 희한하게도 쓸데없고 하찮은 생각이 들기 마련이다. 그리고 그 자질구레한 것들이 순간적이나마 상황의 심각성을 덮어버린다. 순간적으로 부엌의 구조가 상당히 엉망이라는 생각이 들었다. 순간적으로 이 상태의 부엌을 어떻게 해야 좀더 아늑하고 실용적으로 바꿀 수 있을까 하는 생각을 했다. 하지만 이런 자기보호 본능에서 우러난 생각들은 당신들이 상상하는 것처럼 정말 덧없는 생각에 불과하다.

나는 손가락에 힘을 줘서 방향을 돌렸다. 그러니까 내 생식기가 위치해 있는 곳을 중심축으로 해서 몸을 돌렸다는 말이다. 세상이 전적으로 섹스를 중심으로 돌아가는 것과 약간 비슷한 모양새다. 아무튼 나는 몸을 돌려 거실까지 기어나갔다. 비록 널빤지로 창문을 막아 반강제로 어둠을 만들어놓긴 했지만 거실 역시 엄청 넓어졌다. 마치 대성당처럼 넓고 컴컴했다. 나는 언제 이런 말을 쓴 적이 있었나 싶을 정도로 생소한 욕설을 뱉어내며 아내의 이름을 불러보았지만, 내 목소리는 메아리가 되어 다시 돌아올 뿐이었다. 그것은 정말로 이 세상에 나만 홀로 남겨졌다는 것을 의미했다. 나는 몸을 이끌고 현관까지 전진한 뒤, 마지막 남은 힘을 다해 문고리를 아래쪽으로 당겼다. 의심할 여지는 없었지만 나로서는 꼭 확인해야 할 일이었다. 단단히 잠겨 있었다. 당연한 일이지.

33

아내가 고용한 이삿짐센터의 작업이 대단히 효율적이고 신속했다는 점을 당연히 강조해야겠다.

당신들에게 그 이삿짐센터의 연락처를 건네주면 좋았을 것을…… 전문가다운 일꾼을 찾는 게 얼마나 힘든 일인지는 나도 익히 알고 있다. 포장해놓은 상자를 훼손시키지 않고 시간까지 잘 맞추는 사람들은 찾아보기 힘들다.

한창 때, 나는 이삿짐센터에서 일을 해보고 싶었다. 억척스러운 사람들이 하는 거친 일로 통하는 그 직업세계에서는 끊임없는 육신의 시련과 나선계단과 육중한 노르망디 산(産) 가구 사이에서 정점에 달하는 중력의 법칙을 놀이 삼아 즐길 수 있기 때문이다. 힘으로 전환된 의지, 그리고 근육으로 변환된 결의의 허무하고 하찮은 본보기. 척추 위에 올려진 찬장은 그 엄청난 무게 외에 다른 것을 생각할 여유를 결코 주지 않는다. 떡갈나무 테이블은 두 팔을 짓누르는 만큼 정신까지 짓누른다. 이삿짐센터 직원이라는 직업은 아마도 당신들이 몸과 마음을 온통 바쳐야 하는 유일한 직업일 것이다. 이 일에는 과거도 미래도 없다. 하루 동안 등에 짊어지고 내려보내는 수 톤의 짐들은 '시간'이라는 개념을 넘어서는 추상적인 개념이기 때문이다. 그 수 톤의 짐들은 바로 '무게'이다. 이삿짐센터 직원은 숭고한 직업이다. 하지만 사람들은 그 사실을 모른다. 그러면 당신들은 이삿짐센터 직원 자신도 그 사실을 모른다고 내게 말하겠지.

본론에서 벗어난 이야기를 늘어놓은 것 같아 미안한 마음이다. 하지만 이 지경이 되도록 내 미래가 불확실한 지금, 나로서는 쓸데없는 눈물로 일기장을 적시는 내 모습을 보고 싶지 않아서라도 어떻게든 다른 곳으로 관심을 돌려야 한다. 솔직히 당신들에게는 지루할지 모르지만. 영화 한 편, 모험소설 한 권, 스트립쇼 전(全) 타임을 볼 수만 있다면 아무리 비싸도 상관하지 않겠다. 동화 한 편이라도 읽을 수 있다면 내가 가진 전부를 내놓을 생각이다. 누군가 구강성교를 해준다면 팔이라도 한 짝 떼어주겠다. 뭐가 되었든 기분전환거리가 생겨서 제발 나를 한순간만이라도 여기서 멀리 데려가준다면, 내 관처럼, 아니, 개인 납골당처럼 느껴지기 시작한 이 아파트에서 멀리 데려가준다면 정말 좋겠다.

현 상황을 긍정적인 방향에서 바라보자. 내가 살아 있을 며칠 동안, 이 아파트는 나만의 공간이 되었다. '식량난'으로 인해 혼수상태에 이르기 전까지는 아내 방을 마음대로 들락거릴 자유가 내게 주어진 것이다. 게다가 방문이 잠겨 있지도 않았다. 드디어 지난 4년간 쌓아둔 내 정액을 그녀의 작고 하얀 발이 수천 번도 넘게 밟고 지나다닌 카펫 위에 쏟아부을 수 있는 특권이 주어진 것이다. 그런데⋯⋯ 과연 내가 실행에 옮길 수나 있을까? 내 음경은 벌써 4년 전부터 잊힌 시간 속의 성유물처럼 고이 모셔지기만 했을 뿐만 아니라, 사람들이 자기를 알아보지 못하는 할아버지의 흐릿한 시선을 피하듯 내 시선이 피하는 알츠하이머 환자 신세였다. 내 가운뎃다리는 죽었다. 거시기 만세! 제발 부탁이다! 알몸에 바바리코트만 걸치고 있다가 불시에 코트자락을 활짝 열어젖히는 노출증 환자를 만난 수녀님 같은 표정은 짓지 말아주길 바란다. 지금 같은 순간에는 아무리 상스러운 것이라도 모두 허락된다. 당신들이 지나치게 수줍어하는 성격이라면, 그런 점은 충분히 존중하는 바이다. 하지만 고급스러운 언어를 선별해서 구사하는 문제는 자신의 최후가 다가오고 있음을 감지한 사람에겐 급선무가 될 수 없다. 택시 운전사처럼 씨부리고 싶은 욕구가 치밀어오르고, 아주 제대로 다뤄주고 싶은 생각이 불길같이 타오른다.

몇 분만 더 기다려주기 바란다. 나는 지금 목표를 향해 이동중이다.

아내의 방. 내가 낙상하기 전까지는 우리의 방이었던. 파란 벽, 방바닥 중앙에 새로 그려진 완벽한 형태의 직사각형 무늬 속에서 닳아빠져가는 카펫, 손가락을 부르는 처녀지, 네 모퉁이마다 다리미로 누른 듯한 원형의 자국, 털 한 가닥 돋아나지 않을 것 같은 그런 자국이 남아 있는 이 방에 들어온 것이 4년 만이다.

아내는 창문을 아주 정성스레 벽으로 막아버렸다. 반대의 경우라면 더 놀랄 일이 아니겠는가. 이 여자는 모든 경우의 수를 따져본 듯하다. 완벽함이 가져다주는 역설에 대해 다시 말해 무엇 하겠는가. 감격해서 말문이 막힐 정도로 날 경탄하게 만들었던 그 습성이 지금은 내 발목을 잡는 걸림돌로 작용하고 있다니.

상대의 사소한 괴벽이 당신들을 견딜 수 없게 만드는 구조는 동일하다. 똑같은 그 괴벽이 때로는 행복에 겨운 탄성을 자아내지만, 아무런 예고도 없이 사랑이 떠나갔을 때의 기분, 낭떠러지 아래로 떨어지는 듯한 그 기분이 들 정도로 사람을 낙담하게 만들기도 한다. 이 매혹적인 습관의 '행렬'은 특정 단어를 발음하는 이색적인 방법을 비롯해 식기를 정확히 잡는 방법, 들키지 않을 만큼 교묘하게 길을 돌아가려고 하는 택시는 곧 죽어도 타지 않는 성격, 주류 판매점에서 보이는 도저히 고쳐지지 않는 반응에 이르기까지 실로 다양하다. 아니, 말이 나왔으니 말이지 상대가 아는 척을 하며 명산지의 특급 주류에 대해 부풀려서 떠벌리는 모습을 보면 배꼽을 잡고 웃게 되지만, 어느 모로 보나 사랑스러워 보이는 무의식적 자율성은 사랑이 떠나간 뒤에는 끔찍한 악몽으로 변한다. 심지어 테이블 위에 장식한 작은 하트 모양의 향초 여러 개를 보는 것만으로도 당신들의 작은 심장은 역겨움에 구역질을 해댈 것이다.

내 작은 심장은 꽉 막힌 창문을 보자 뒤틀리고 뒤집혔다. 속이 불편해진 건 사실이지만, 이런 하찮은 일로 구역질이 나지는 않는다.

내 이론이 바로 내 경우에서 한계를 드러내다니. 참으로 슬픈 일이다.

34

앞으로 살날이 얼마나 더 남았는지 계산이 안 된다. 굶어죽으려면 아마도 오래 걸리지 않을까 싶다. 이런 상황이 뛸 듯이 기쁜 것은 아니다. 날이 갈수록 야위어가는 내 모습을 봐야 할 것이고, 고작 물을 마시러 갈 때조차 힘겹게 몸을 이끌고 기어다녀야 할 것이다. 그리고 종국엔 영광은 고사하고 나 홀로 장식장 다리 앞에서 죽어갈 것이다.

나는 목표에 거의 근접했었다. 내 적개심이 저 덩어리를 물리칠 거라, 내 증오심이 저 비곗덩이를 물리칠 거라 확신할 정도였다. 오죽하면 세상 모든 다윗이 세상 모든 골리앗에 맞서 싸워 승리한다는 이야기가 어딘가에 쓰여 있을 것이란 확신, 내가 대체가정을 새롭게 꾸미고 하나의 부족 같은 구성원들이 밤새도록 모여 앉아 체스를 벌이게 될 것이란 확신까지 들었겠는가. 우리 팀은 잭과 그 친구가 지닌 마법의 강낭콩 그리고 나로 구성되어 있으며, 상대 팀은 피터 팬과 한 무리의 소인국 사람들로 구성되어 있다. 내가 보기에는 언제나 가장 연약하고 작은 쪽이 승리를 거두어야만 할 것 같았다. 승리의 모범적인 전형들 틈에 끼는 것이 당연하지 않겠는가! 권모술수는 우리가 공통으로 사용하는 무기였고, 체스게임은 여간해서는 끝이 보이지 않았다. 소인국 국왕이 여왕을 자기 등에 올라타게 한 뒤 체스판 반대편으로 보내려고 했을 때, 우리 팀은 일단 숨을 돌리고 관망했다. 넉넉하게 두 시간 정도는 판을 처음으로 되돌릴 수밖에 없을 정도로 어이없는 수에서 빠져나오는 데 도움이 되는 모든 대비책을 검토할 수 있었다. 한 수라도 잘못 둘 경우, 무조건 처음부터 다시 시작해야 할 판이었다. 그런데 잭의 강낭콩은 시종일관 경솔한 행동만 일삼고 있었다.

35

어머니와 나는 매주 수요일이면 미장원에 들렀다가 식당에 가곤 했다. 어머니의 단골 미용실의 미용사는 키가 아주 큰 편이었지만 서 있는 것 자체가 기적적으로 보일 만큼 삐쩍 마른 남자였고, 지나치다 싶을 정도로 긴 팔은 마치 거대한 양배추에 매어놓은 리본처럼 바람에 휘날리며 흐느적거렸다. 나는 입김만 불어도 그가 넘어지지 않으려면 오로지 견고한 마법의 주문이 필요할 거라고 생각했다. 그는 힘이 넘치는 제스처로 어머니를 맞이했다. 당신들 같으면 사전에 아무런 연락도 받지 못한 상태에서 교황이 몸소 당신들의 부엌으로 걸어들어올 때 그런 반응을 보일 것이다. 게다가 그 미용사의 어조는 빠르기가 이루 말할 수 없어서 듣고 있는 내내 정말이지 머리가 빙빙 돌 지경이었다. 나는 그가 쏟아내는 속사포 같은 수다 속에 파묻힌 상태로 머리를 감겨주는 의자에 앉아 샴푸를 마쳤다. 내 오른쪽에는 어머니가 계셨고, 왼쪽에는 리페어 마스크를 뒤집어쓴 노부인이 앉아 있었다. 얼마나 오랫동안 움직이지 않고 가만히 앉아 있는지, 혼자 죽기 싫어서 사람들이 모인 곳에 일부러 찾아온 사람 같다는 생각이 들 정도였다. 나는 한 달에 한 번 정기적으로 손이 120개나 되는 그 박엽지(薄葉紙) 문어에게 머리를 맡겨야 했다. 가위로 무장한 연체동물 같은 그 미용사는 금고 속에 보관된 오발탄처럼 위험해 보였다. 그래서 나는 혹시라도 그가 들고 있던 가위를 휘두르다 내 눈이라도 파내는 건 아닌지 두려워 두 손으로 눈을 가리고 공포의 비명을 지르곤 했다.

식당에서도 우리 모자의 등장과 동시에 미장원에서와 비슷한 분위기의 일대 소란이 일어났다. 하지만 강도는 한 차원 더 세졌다. 마치 우리 모자가 꿀벌통을 발로 찬 모양새였다. 호텔 지배인은 아무렇지도 않게 자신이 방금 전까지 모시던 고객들을 팽개치고 절대로 잊을 수 없을 만큼 환히 빛나는 눈으로 문을 향해 달려나왔다. 종업원들은 자신들이 담당하고 있던 테이블에 가져갈 요리들을 마구잡이로 내려놓으면서 우왕좌왕했다. 접시에서 떨어진 가재 요리가 통, 하고 튕겨져나가면서 한 중년부인이 입고 있던 상의 정가운데 깊이 파인 지점에 착지했다. 그러자 그 부인의 얼굴은 자신의 옷과 살 사이의 가슴골로 빠져들어간 갑각류처럼 분노와 수치심으로 붉어졌다. 나는 그런 장면을 심심치 않게 보았다. 종업원들은 누가 더 친절한지 누가 더 얼빠진 미소를 지을 수 있는지 경쟁하듯 차례로 우리에게 인사를 건넨 뒤 여기저기 어지럽게 흩어져 있는 요리접시들을 정리하느라 분주했다. 하지만 다들 머릿속이 텅 빈 것 같았고, 완벽하게 조직된 안무의 균형은 완전히 엉망진창이었다.

수요일 오후 열두시 반에서 한시 사이면 '카페 드 파리'의 손님들은 송아지 가슴살 요리를 기다리는데 난데없이 머랭*을 얹은 레몬파이를 대접받고, 주문도 하지 않았는

---

* 계란 흰자와 크림, 설탕 등을 섞어 구운 과자의 일종.

데 미리 엄청난 액수의 계산서를 받곤 했다.

우리가 자리를 잡고 앉기까지는 넉넉잡고 15분쯤 걸렸다. 우리가 차지하게 될 테이블은 식당에서 가장 좋은 자리로, 언제나 장미꽃으로 장식되어 있었으며, 꽃 색깔은 매주 바뀌었다. 직원들은 삼각뿔 모양으로 접어 세워놓은 냅킨 아래에 유리구슬이나 그림카드 등을 숨겨두곤 했다. 나는 그것들이 내 어머니에게 선물하고 싶지만 그럴 엄두를 내지 못하는 보석이나 모피코트 대용이라는 사실을 잘 알고 있었다. 하지만 그렇다고 해서 어린아이의 단순한 기쁨이 사라져버리는 것은 아니었다.

어머니는 그런 존경의 표시를 약간 어리둥절해하면서도 아주 자연스럽게 받아들이셨다. 그리고 다른 보통 사람들도 당신과 똑같은 대접을 받을 거라고 여기셨다. 자기 자신을 영화배우처럼 여기는 고객들도 추문이라 여길 만큼 푸대접을 받는 경우가 허다했다. 사람들이 웅성거리는 소리 속에서 유명인사들의 이름이 유난히 귀에 쏙쏙 들어왔다. 프랑스를 비롯해 전 세계 영화계에서 활동하는 아름다운 여배우들의 이름이 음식물을 가득 물고 있는 사람들의 입을 통해 쏟아져나왔다. 그 이름들은 마치 음식을 다 먹은 접시 한쪽에 남겨둔 작은 피망 조각들과 같은 꼴이었다. 한때를 주름잡았던 유명인사들이 그런 것처럼 찬란하면서도 자극적인…… 꼬마였던 나는 그런 상황을 자랑스럽게만 여길 수는 없었지만 어머니의 순진함에 감사드렸다. 어머니가 없었다면 수치심이 끓어올랐을 것이고, 그러면 미장원에 들렀다가 바로 집으로 돌아갔을 게 뻔했기 때문이다. 난 그때를, 어린 시절의 그 순간을 종종 떠올리곤 했다. 바로 말하자면, 내가 굳이 애를 쓰지 않아도 그 시절이 내 기억의 언저리에서 자꾸 맴돌고 있다. 가장 잔인한 현실의 순간에 가장 아름답고 달콤했던 과거의 영상들이 눈앞을 스치고 지나가는 양상이랄까. 기억이라는 것이 사람의 마음속에 펼쳐 보여주는 것은 일종의 위안이 될 수 있다. 하지만 기억이라는 녀석은 자기가 너무나 쉽게 사그라지며 종국에는 우리 자신을 파괴해버린다는 사실을 잊고 있다. 희망이 정말로 떠나버린 순간에는 말이다.

36

인근 학교에서 수십 명의 빌어먹을 꼬마새끼들을 위한 하루 일과의 끝을 알리는 종소리가 울려 퍼졌다.

왜 나란 인간은 생후 몇 년간의 어렴풋한 기억은 두려워하지 않는 걸까? 어린아이만 떠올려도 공포에 벌벌 떨면서 정작 나 자신의 어린 시절에 대한 기억은 겁내지 않는 이유가 대체 뭘까? 옛 급우들의 얼굴을 그려볼 때면 언제나 기쁜 마음이 든다. 그 친구들의 얼굴을 떠올리고, 그 아이들의 손에 식칼을 쥐여주고, 그 아이들의 머릿속에는 살인에 관한 생각을 주입시켜보아도 그 친구들은 결국에는 나를 웃기고야 만다. 그러나 우리가 겪었던 신경증에는 나름의 논리와 이유가 있다. 이 같은 병을 이해하려는 행위는 자칫 위험을 수반하게 된다. 다시 말해 새끼를 친다는 것이다. 그런 식으로 새끼를 치고 다수의 구성원이 딸린 가정을 꾸리는 행위는 그다지 권장할 만한 일은 못 된다. 왜냐하면 혜택이라고는 고작 정신과 상담밖에 주어지지 않기 때문이다.

현재 시각 오후 일곱시 혹은 일곱시 반. 맞은편에 사는 사랑스러운 이웃 남자가 가련한 빌리에게 욕을 퍼부으면서 내게 시간을 알려주었다. 도대체 빌리가 사람인지 아니면 동물인지는 밝혀낼 수 없을 것 같다. 혹시 또 다른 사물일지도 모를 일이다. 램프를 바라보고 말을 거는 미친놈들도 있기 마련이니까.

감금 초기에는 앞집 남자가 머지않아 내 구조요청 신호를 감지할 거라고 믿었다. 나는 그 인간의 추잡한 언행을 여실히 들을 수 있었으니 말이다. 하지만 그 남자의 심보가 원래 고약한 건지 내 성대가 힘이 없는 건지, 아무튼 그 남자는 날 구하러 나타나지 않았다. 더 심한 것은 그 남자가 여전히 정해진 시간마다 소리를 질러대며 소란을 피우고 그게 예측 가능하다는 점이었다.

내 생의 마지막 순간들은 이렇게 모두의 무관심 속에서 흘러가고 있다.

내 생의 마지막 순간들은 정말이지 최악이다. 실존이라는 것은 솔직히 말해서 엿 같은 것이다. 숨을 거두기 바로 직전을 골라 이토록 고통스러운 순간을 선사하다니 말이다. 그것도 이렇게 내 발목을 붙잡은 못된 죽음을 기쁨과 환희가 넘쳐나는 순간으로 먼저 보상해줘도 모자랄 판에. 마치 죽음 그 자체만으로는 모자란다는 듯 고통과 절망 그리고 유기(遺棄)까지 수반하게 만들고 있다. 만일 생을 마감할 때 느끼는 우리의 고통을 덜어줄 요량이었다면 쓸데없는 헛수고일 뿐이다. 인간이란 존재는 삶이란 것에 거머리처럼 집착하고, 자신에게 주어진 삶의 마지막 한 조각까지도 놓기를 거부하는 존재들이기 때문이다.

37

거대한 여인이여, 정말 당신이란 여자는 좀처럼 속을 읽을 수가 없군. 나는 당신 수준에서 부릴 수 있는 권모술수가 정확히 어떤 것인지 알고 있고, 당신이 정확히 뭘 원하는지, 무슨 수작을 부리고 있는지 스스로 모르고 있다고는 생각하지 않아. 믿기지도 않고. 당신 행동에서 보이는 그 엄청나게 역설적인 면들은 제아무리 노련한 심리분석가들도 풀어낼 수 없을 거야.

지금 내 앞에는 더블 치즈버거와 감자튀김이 놓여 있다.

지금 내 앞에는 칼로리가 넘쳐나는 작은 음식용기 두 개가 놓여 있다.

지방질이라면 남부럽지 않을 만큼 넘쳐난다. 서로 잘 겹쳐진 두 장의 동그란 고기 조각, 두 장의 고기 조각 사이에서 벌써부터 녹아내리고 있는 노릇노릇한 치즈 한 장, 말랑말랑하면서도 반들거리는 햄버거 빵, 빨갛고 기름이 자르르 흐르는 종이상자에 담긴 전분질 야채. 겨자소스 한 봉지.

지금 내 두 눈으로 보고 있는 이 기적의 소산에 손을 대볼 엄두가 나지 않는다. 만일 이것이 그대로 사라져버린다면? 그저 신기루에 지나지 않는다면?

그럴 리 없다. 난 분명히 자물쇠가 돌아가는 소리를 들었고, 깜짝 놀란 내 심장은 흉부를 찌르고 튀어나올 정도로 심하게 박동질을 해댔다. 이 가련한 심장을 달래줄 방문객은 더이상 없을 거라고 포기한 터였기 때문이다.

나는 복도로 항행(航行)해나가 눈에 보이는 진귀한 보물에 꼼짝 않고 코를 파묻고, 감자튀김이 풍기는 썩은 기름 냄새를 그 무엇과도 비교할 수 없을 만큼 기쁜 마음으로 들이마셨다. 마룻바닥에 침을 질질 흘리는 내 모양새는 닭꼬치 요리를 앞에 두고 개가 침을 흘리는 모양새와 똑같았다. 내 생명의 은인이 마누라와 로널드 맥도널드 아저씨라는 사실이 아주 약간 유감스러울 뿐이다.

나는 게걸스럽게 음식을 모두 먹어치웠다. 독살하기 위해 약을 탔을지도 모른다는 생각, 정크푸드로 차려진 진수성찬 뒤에는 필히 위경련이 따른다는 생각은 전혀 하지 않았다. 뿐만 아니라 봉헌물의 일부를 남겨두어야겠다는 신중한 생각은 더더욱 하지 않았다.

이 식사가 사형수의 마지막 식사일 가능성도 전혀 떠올리지 않았다.

만찬을 만끽하는 그 짧은 순간만큼은 무엇이 되었든 아무런 생각도 하지 않았다.

어머니는 행복하게 벌린 내 아가리의 심연 속으로 사라져버렸다.

마누라는 육식동물의 침 같은 내 타액 속에서 녹아내렸다.

나는 내 삶과 내 고통을 빅맥과 함께 집어삼켰다.

음식물을 입에 넣고 몇 입 우그적거리며 씹는 동안은 정말로 행복했다.

38

내가 벌이는 심야의 체스는 점점 전면전의 양상을 띠기 시작했다. 소인국 그룹에는 쉽게 흥분하는 서너 명의 구성원들이 있었다. 잭과 헨리—마법의 강낭콩의 부탁에 따라 그렇게 불러주기로 했다—그리고 내가 게임의 주도권을 잡자, 그 친구들이 원을 그리며 모여선 뒤 근육질의 짧은 팔로 서로의 어깨를 꽉 붙잡고는 무슨 꿍꿍이를 벌이는지 마치 소규모 미식축구 선수들이 루스타임에 보여주는 동작처럼 머리를 아래쪽으로 숙였다. 이 정도 시간이면 우리의 승리는 떼어놓은 당상으로 보였다. 상대팀의 과격분파는 그 어떤 제재도 받지 않도록 구성되어 있었다. 왜냐하면 상대팀에서는 노림수를 노출하지 않기 위해 팀원의 실수를 눈감아주는 일이 일상다반사가 되어버린 듯했기 때문이다. 소인국 국왕은 몸소 시선을 돌려 실내화를 꺾어 신고 있는 피터 팬에게 후크 선장의 신경질환에 대한 이야기를 꺼냈다. 그러자 단 몇 초 사이에 소인국에서 내세운 투석기가 우리 앞에 등장했다. 그중 하나는 활처럼 시위가 팽팽히 당겨져 있었고, 두 개는 날아갈 채비를 하고 있었다. 숨어 있을 곳을 부리나케 찾지 못하면 날아오는 대리석 줄의 세례를 피할 수 없을 판이었다. 처음에는 가로장 뒤에 즉석으로 만든 임시 방공호에서 재난을 피할 수 있었다. 그러고 난 뒤, 우리도 조직적으로 뭉쳤다. 이 쓰레기 같은 난쟁이 족속들은 조목조목 따지게 될 정식 소송도 개의치 않겠다는 태도였다. 임시이긴 하지만 엄청난 호의를, 그것도 국왕의 수신호에 따른 호의를 누리고 있었기 때문이다. 루비와 금덩어리 장신구가 주렁주렁 달린 손, 뼛속까지 실망스러운 한 군주의 손이 내린 수신호.

39

아마도 계속해서 날이 바뀌고 있을 것이다. 하루하루가 흘러갔고, 그 하루의 말미에 여지없이 들려오는 자물쇠 소리는 애완동물에게 밥때가 되었다는 것을 알리기 위한 휘파람 소리처럼 내 코를 번쩍 일으켜세웠다.

매일 밤 내 저녁식사가 문 앞에 준비되었다.

저녁 여덟시가 되면 마카로니 한 움큼, 마르게리타 피자 작은 조각 하나, 강낭콩 소시지 볶음이 차려진다. 모두 소량이긴 하지만 그래도 엄연한 한 끼분의 식사인 건 사실이다.

더이상 먹기 위해 사투를 벌일 필요가 없어졌다.

더이상 아내가 들고나는 것을 염탐할 일이 없어졌고, 행동계획을 수립할 필요도 없어졌다.

더이상 할 일이 없어진 것이다. 그 뒤로 내 삶은 일용할 양식을 기다리는 행위에 국한되었다.

나 자신의 생존을 위해 피 터지게 사투를 벌일 때는 그래도 나라는 인간의 자아가 마음 한구석 깊은 곳에 뿌리를 내리고 있었던 반면, 이제는 목탄이 뿌려진 것처럼 시커멓게 불타버린 메마른 대지에 생명의 신호는 온데간데없고 앙상한 재만 남게 되었다.

아내의 사육방식은 결국 나라는 존재를 소멸시켰다. 허약한 사자는 치열한 아프리카 초원에 살 때보다 우리 안에 갇혀 있을 때 살아남을 가능성이 더 적어진다. 인간도 마찬가지란 사실을 당신들도 잘 알 것이다. 전투에 가까운 생활을 하지 않으면 인간은 나약해지고, 결국엔 상한 과일보다도 훨씬 빠르게 시들어버린다.

이렇게 받아먹고 살다보면 단시간 내에 죽고 말 것이다.

40

"이야, 남자다운데! 저 친구 정말 사내다워! 혐오스러울 정도로 사내답다고!"

"사내답다고? 저 사람이 입고 있는 금장식 팬티가 사내답다고 생각하는 거야?"

"프로레슬링 의상은 원래 저런 거라고! 잔소리는 집어치우고 저 턱 좀 봐. 저 친구 완전히 투견이야, 투견."

결혼한 지 5년이 지나 세계 프로레슬링 선수권대회 결승전 중계방송을 보면서 두 시간여 동안 수다를 떨 수 있

다면,

갑자기 유행성 감기에 걸려 멀리 사는 사촌의 결혼식에 참석하지 못해 두 사람이 자축하자며 이불 속에 들어가 나란히 십자수를 뜰 수 있다면,

마주 앉아 스트립 포커 한 판을 치느라 정신이 팔려 결혼 10주년 기념일을 까맣게 잊고 지나가는 날이 온다면,

삶 속에 이토록 소박한 기쁨이 흐르고 넘쳐서 더이상 각종 잡다한 기념일을 따로 챙기지 않아도 될 날이 온다면,

할렐루야!

할렐루야!

할렐루야!

젊었을 때는 냉소적인 자세야말로 세기의 재앙이라고 여겼다. 내 가장 큰 기쁨은 뜨겁고 맹렬한 내 관념론을 가지고 허무주의자들이 모인 테이블에 흙탕물을 튀기는 일이었다. 그래봐야 물속에 돌을 던지는 행위에 불과하지만, 그래도 소란이 일어나는 모양새가 볼만했기 때문이다. 나는 디저트를 기다렸다. 왜냐하면 내 열정이 그들을 질리도록 피곤하게 만들었으니 아마도 날 밖으로 걷어차리란 사실을 잘 알고 있었기 때문이다. 하마터면 그들이 가지고 있는 판도라 상자에서 곤히 잠을 자고 있던 유토피아적 소

아 성향을 일깨울 뻔하기도 했다. 한마디로 나는 성가신 존재였다. 그럼에도 불구하고 허무주의자들은 제아무리 강렬한 사랑의 관계라도 시간의 부작용을 피할 수는 없다는 사실을 내가 받아들이도록 만들지는 못했다. 나는 기적을 믿었다. 하지만 기적에도 한계라는 게 있었다.

그리고 그녀가 내 집 앞을 지나가며 조깅을 하기 시작했다.

구름 위를 걷듯 허무했으며 신선한 공기가 아닌 가스만 폐에 달고 산 지 12년. 귓가에 울려 퍼지는 유일한 소리는 그녀의 웃음소리뿐이었다.

난 그 사랑을 지나치게 믿었던 것이다!

머저리같이.

하늘의 별만 바라보자는 말을 철석같이 믿고 컨버터블 승용차의 뒷좌석에 동승하는 십대 여자아이보다도 순진하고 멍청한 인간.

난 정말 철석같이 믿었다. 당신들 역시 그랬을 것이다. 구분이 거의 불가능한 이중생활, 거짓말하는 기술을 완벽히 구사하는 달인, 은폐의 대가, 인간이라면 누구나 수심을 확인할 생각도 없이 몸을 던지게 되는 그런 상황. 내가 빠져든 시간은 그렇게 12년하고 몇 주 정도 지속되었고,

나는 바닥에 부딪히고 나서야 한계가 있다는 사실을 깨달았다.

12년이란 시간 동안 같은 방에서 지내면서도 서로에 대한 욕망이 털끝만큼도 변하지 않는 날이 온다면, 그야말로 할렐루야!

내 환상은 오로지 그녀하고만 관계된 것들이다.

그녀가 알몸으로 내 앞에 나타날 때마다 내 몸의 한 부위가 불끈불끈 솟아오른다.

난 한결같이 절개를 지켰다.

나는 절대다수의 여성들이 생각하는 이상형의 남자다.

그래서 얻은 결과를 한번 보라.

거대한 다이빙대에서 멋진 스완 다이빙으로 수심이 고작 30센티미터인 수면을 향해 몸을 던진 꼴이다. 내가 받은 충격이 어느 정도일지 쉽게 상상이 갈 것이다. 피터 팬이란 녀석이 그 비유가 적절치 않다고 지적을 하지만, 녀석은 아직 숫총각에 애송이일 뿐이다.

41

오늘 저녁식사로 나온 으깬 감자와 다진 고기 요리 한가운데에 종이비행기 한 대가 처박혀 있었다. 나는 즉시 생존자가 있는지 확인해보았다. 비행기는 비어 있었다. 날개 뒤로 투명하게 비치는 부분에 메시지가 적혀 있었다. 그걸 읽는 순간 즉시 식욕이 사라져버릴 거란 사실을 잘 알면서도 우선 고기요리를 천천히 맛보기 시작했다.

내 추측이 이렇게 정확하리라고는 생각지 못했다.

말 그대로 입맛이 싹 달아났을 뿐만 아니라, 뱃속으로 들어간 음식물이 언제 입 밖으로 튀어나올지 알 수 없었다.

'당신 어머니는 머지않아 당신 아버지 피를 보며 죽게 될 거야. 어떻게 생각해, 이 씹새끼야?'

어떻게 생각하냐고? 아무것도, 아무 생각도 안 나지. 아니, 제발 날 좀 빨리 죽여줘. 이렇게 사정할게. 그런데 그렇게 해주기에는 당신, 이 상황을 너무나 즐기고 있는 것 같아. 말이 장애물경주를 하다가 바닥에 고꾸라졌을 때, 고통받는 말이 마치 미카도*를 하듯 사지는 제멋대로 벌

---

* 쌓아놓은 막대들을 무너뜨리지 않고 하나씩 빼내는 놀이.

어지고 두려움으로 가득 차 콧구멍을 벌름거릴 때, 눈 한 번 깜짝 않고 그 광경을 지켜볼 수 있는 쓰레기 같은 종자는 당신뿐이야. 그걸 보며 웃을 수 있는 당신은 유일한 쓰레기야.

당신은 정말 그 방면에선 유일무이한 존재야.

내 불특정 과거를 다 뒤져보았어. 내가 무의식적으로라도 무례한 행동을 했는지, 당신이 아닌 다른 여자의 신체 곡선을 보느라 한눈을 판 적이 있는지, 불손하게도 당신한테 상처가 될 만한 행동을 한 적이 있는지, 혐오와 증오가 차곡차곡 쌓여 생겨난 작금의 상황과 연결될 만한 불특정 과거를 다 뒤져보았어. 하지만 그 어떤 흠집도 찾아낼 수 없었지. 난 정말 하늘을 우러러 한 점 부끄럼 없을 정도로 무고해. 머리부터 발끝까지, 발끝에 달린 발톱 구석구석까지 말이야. 진짜로 무고한 사람에 관련된 성구는 당신들이 알아서 잘 찾아보기 바란다. 피터 팬은 내가 그런 문장을 끌어다 쓰지 못하도록 단단히 못을 박아두었다. 그 친구, 나를 글 쓰는 작가로 알고 있는데 굳이 그렇지 않다고 밝히고 싶진 않다. 난 말 그대로 완벽히 무고한 사람이다. 하지만 분명히 무언가가 있어야만 한다! 증오심이라는 건 기적처럼 어느 날 갑자기 나타나는 게 아니다. 증오심은 확실한 토대가 뒷받침되어야 하고, 어떤 기원으로부터 시작되어야 한다. 그 증오심을 탄생시킨 최초의 반감이 그 동기가 되고, 그 원인이 되고, 그 시초가 되는 것이다. 그런 원칙조차 없다면 이 세상은 정말 살 수 없는 곳이 되기 때문이다. 아무 이유 없이 갑자기 누군가를 이토록 증오할 수는 없는 법이다! 내가 저질렀을 잘못 하나, 서투른 실수 하나라도 찾아내야만 한다. 무고한 상태로 형을 치를 수는 없다. 내겐 어떤 혐의가 있어야 하고, 그 과오에 대해서만 대가를 치러야 한다. 제아무리 하찮고 미약한 혐의라도. 대단한 걸 바라는 것은 아니다. 그냥 예전에 약속을 잊어버린 적이 있다거나 잠자리가 만족스럽지 못했다거나, 아무거나 있기만 하다면 그걸로 끝일 텐데. 뭐라도 하나만 있다면 이 광기 어린 방황의 길잡이가 되어줄 텐데. 당신들은 내 말을 믿지 못하겠지만, 나는 정말 잘못한 적이 단 한 번도 없다. 사소한 실망거리 한 번 안겨준 적이 없다. 이성을 잃었나 아니면 머리가 돌았나, 저치가 우릴 가지고 노는 거 아니야?…… 이렇게 생각하는 당신들의 소리가 들린다. 당신들은 사랑은 유동적인 거라고 자신 있게 한마디 덧붙이면서 아내의 아름다운 얼굴에는 지워지지 않는 실망의 흔적이 남아 있을 거고 저치에겐 피해갈 수 없는 명백한 과실이 분명히 있을 거라고 떠벌리고 있을 것이다. 나는 하루의 이면에 와 있다. 따라서 당신들에게 이렇게 대답할 수 있다. 분노로 치를 떠는 저 미친 여자는 분명히 병적인 마음을 다해서 나를 사랑했고, 완전한 사랑이란 공주 드레스를 입은 꼬마아이로 분장한 괴물이 아니라고. 분명하다! 아무렴! 하지만 내 확신은 얼마 못 가 변할 것이다. 당신들이 쉽게 상상할 수 있듯이, 절실히 원하면서도 아직까지 경험해보지 못한 그 다리를 감싼 스타킹을 벗길 때처럼 아주 단시간 내에 변할 것이다. 그리고 그 확신은 과거에 나를 카펫으로 변신시켰던 것과 마찬가지로 무섭도록 빠르게 방향을 틀 것이다.

하루의 이면. 그 완벽한 사랑이 실제로 존재한다고 여겼던 내 믿음은 항공 우편으로 날아든 메시지—지금 같은 상황에서도 이런 우스갯소리를 할 수 있는 능력은 도대체 어디서 나왔는지 궁금하다—를 읽는 순간 한치의 여지도 없이 싹 사라져버렸다. 당신들을 위해 메시지 내용을 다시 상기하자면, "당신 어머니는 당신 아버지 피를 보며 죽게 될 거야"였다.

그렇진 않다. 이면은 여전히 그대로 남아 있다. 어느 정도의 한계는 있지만 이면은 확신이란 것을 통째로 던져버리고 내 골통 속에 12년이라는 행복한 결혼생활을 꽉꽉 채워넣었다. 이면에서 볼 때 내 행복은 분명 꿈이 아니라 진정한 현실이었고, 그 속에는 언제나 서로의 몸을 보듬어주며 느꼈던 온기가 남아 있었다. 이면에서 본 아내는 사랑의 여신처럼 보였다. 이면이 아닌 실제의 모습이 본색을 드러내지 않았던 이유는 정말 알아볼 일이다. 내 세계에서는 논리라는 게 완전히 떠나버린 것만 같다. 그저 나 자신이 딸랑 번호 두 개짜리 룰렛판 위를 돌아다니는 알이 되어버린 것 같은 불쾌한 느낌만 들 뿐이다.

말하자면 현기증이 난다는 뜻이다.

게임을 돌리는 크루피에*는 다소 살이 찐 여성이라는 사실을 굳이 밝힐 필요도 없다.

어머니, 지금 드리고 싶은 말씀은 사악한 괴물이 사기를 치고 결정적인 패도 없으면서 절 쓰러뜨리려 한다는 것입니다. 그리고 어머니의 그 잘난 며느리는 그저 입만 살아 있는 쓰레기 같은 여자라는 것입니다.

두려움과 공포로 눈을 잡아뽑지 않고 무력하게 혀를 깨

---

* 도박판에서 게임을 진행하는 딜러.

물어 삼키지 않으려면 이 모든 것을 받아들여야 할 것이다. 완전히 미치지 않기 위해서 말이다.

나는 이미 삼켜버린 고기요리 일부를 카펫 위로 도로 쏟아냈다. 아버지의 피로 끈적거리는 어머니의 시뻘건 얼굴이 순간적으로 눈앞을 스치고 지나갔기 때문이다. 그 이미지가 순식간에 사라진 이유는 바로 그 안에 무슨 꿍꿍이가 있었기 때문이다. 아무렴!

필히 속임수가 있을 것이다. 그러니까 다들 잘 지내고 계실 것이란 말이다. 내 걱정까지 하실 만큼 다들 잘 지내고 계실 것이다. 뭐, 그리 썩 잘 지내시는 것은 아니겠지만.

결국 나는 웨이트워처스를 좋아하게 되리라. 100그램 단위의 정밀 측정기계를 만드는 전자회사 거물들이 운영하고 있으며, 유해한 행위를 하는 것은 아니지만 사이비 종교집단 같은 인상을 풍기며, 가장 사악한 행위라고 해봐야 당신들의 몸이 지니고 있는 체지방 비율을 정확히 측정해주는 정도에 불과한 그 웨이트워처스의 회원으로서 어머니가 가지고 계셨던 그 생각, 초록색 강낭콩 속에서 자신들의 행복을 찾으려고 한 여인들의 틈바구니에 끼어 계셨던 내 어머니의 생각, 그 생각은 내 두려움을 멀리 쫓아주었다. 지금 내가 쓰고 있는 이 글은 공포소설이 아니다.

이 현실은 범죄와 어울릴 수 없다. 엄밀히 말해 내가 틀렸다는 것은 나도 잘 알고 있다. 하지만 잘 갖춰진 주방에서 가슴에 칼이 꽂힌 채 생을 마감한 용감한 사람들 이야기로 꽉 들어찬 사회면 기삿거리들은 잊을 수 있도록 좀 내버려두었으면 좋겠다. 피를 봐야 하는 일은 마피아에게 맡기고 싶다. 시체 처리는 허허벌판 같은 공터나 폐쇄된 창고 등지가 좋을 것이다. 내 아버지, 매일같이 콧수염을 다듬고, 그 누구도 생각지 못했던 여성잡지의 힘에 대해 해괴망측한 이론을 설파하시고, 마치 낭떠러지에 걸쳐놓은 듯 코끝에 안경을 걸치신 그 아버지는 내게 이렇게 말씀하고 계시다. 이 현실은 세상만사의 단편에 지나지 않지만, 또 다른 단편 속에는 야만적인 행위가 판을 치고 있다고.

동전의 앞면과 뒷면은 평생토록 서로 어루만져줄 수가 없다.

세상의 다른 쪽 끝과도 같은 아내.

동전의 다른 쪽 면과도 같은 내 사랑.

42

방금 재미있는 사실을 하나 발견했다. 키 작은 난쟁이 족속을 두려워하는 내 성향이 유독 체스판 상대들에게는 적용되지 않는다는 것이다. 그래도 지금까지 소인국 인간 들처럼 다리가 짧아서 땅에 붙어다니는 인간들은 본 적이 없다. 그런 인간들이 나타나면 나는 공포에 벌벌 떨다가 두 다리, 땅에 붙어 있는 두 다리를 일으켜세우고는 무섭게 다가오는 위험에서 벗어나기 위해 자리에서 일어났다. 피터 팬은 키가 1미터 20센티미터에 지나지 않지만 내 가장 절친한 친구다! 내 두려움이 치유되고 있는 걸까? 아무래도 아닌 것 같다. 그 빌어먹을 인근 초등학교를 떠올리자 갑자기 가련한 내 육신의 일부 중에서 설 수 있는 건 뭐든지 빳빳이 곤두섰기 때문이다. 죽음이라는 녀석과 대면한 것 같은 느낌이 들었다. 이미 말했다시피 신경증으로 부풀어오른 뇌 속에는 뭐가 들어가도 아무런 의미가 없다. 각각의 부기는 독립적이며 주변의 것과는 전혀 어울리지 않았다. 부어오른 부위는 각각 내 뇌를 서서히 갉아먹고 있었다. 내 이성적 판단력은 멜론 밭의 건포도 같은 존재였다. 피터가 좀 과장된 비유라고 지적하면서 자신은 멜론을 한 번도 좋아해본 적이 없다고 한다.

43

동네 지붕 상태를 확인하러 올라갈 때마다 나랑 같이 작업을 하던 젊은 친구의 이름은 블라디미르였다. 러시아인이었던 그의 아버지는 1970년대 말경에 모스크바 마피아의 거물을 상대하는 공급책으로부터 철갑상어알 통조림 몇 개를 물래 훔친 뒤 대여섯 명의 아들을 양팔에 주렁주렁 매달고 프랑스로 건너왔다. 그는 응원할 때 던지는 색종잇조각처럼 무수한 빚과 이름 모를 암에 걸려서라도 죽어췄으면 하는데 절대로 죽지 않는 부인을 조국에 두고 타국으로 건너왔던 것이다. 블라디미르라는 친구는 당신들을 만나더라도 비슷한 가족사나 그다지 별볼일 없는 집안의 조상까지 거들먹거리며 술집 바에서 당신들에게 술 두어 잔 얻어먹으며 눈물이 그렁그렁 맺힌 눈을 하고는 불우한 어린 시절에 대해 이야기를 늘어놓을 그런 친구였다. 그 친구는 빈혈에 가까운 현기증을 자주 느낄 수도 있고, 손재주가 전혀 없을 수도 있으며, 덜떨어진 데다가 방화

광일 수도 있다. 하지만 난 그 친구를 고발하지 않을 작정이다.

매일 아침 그 친구는 살 없이 야윈 커다란 몸에 수없이 많은 계측기구들이 달린 둔중한 의상을 걸치고 두툼하면서도 시퍼런 혈관이 툭툭 불거져나온 길쭉한 팔로 내게 장비를 건넸다. 블라디미르가 앞으로 몸을 기울이면 나는 그 친구 목에 고가의 다양한 장비 몇 개를 걸어주고, 옆구리에는 이름만 들어도 복잡할 것 같은 여타 기계장비를 걸어준 뒤, 전적으로 바람에 흔들리도록 설계된 듯 보이는 그 친구의 호리호리한 체구에 씌워진 등껍질이 균형을 잡고 있다고 판단되면 등에도 비슷한 장비를 걸어주었다. 하지만 내 손에는 가벼운 서류가방 하나만 달랑 들려 있다는 사실이 내게 어느 정도 양심의 가책을 느끼게 했고, 계단을 하나씩 오를 때마다 불쌍한 동료를 부려먹는 것 같다는 느낌도 들었다. 그래서 오후 다섯시가 되면 똑같은 무게의 짐을 나란히 어깨에 짊어지고 어떠한 시련이 닥쳐도 이겨낼 끈끈한 동지애를 느끼는 관계가 되었다.

블라디미르는 태어나서 딱 6년 동안만 러시아에 살았기에 그의 러시아어 실력은 거의 띄엄띄엄 교과서 읽는 수준이었다. 게다가 문화적인 깊이라고 해봐야 보드카, 붉은광

장, 레닌 등 대부분 유명한 것들만 골라서 엮어놓은 수준
이었다. 더듬거리는 몇 마디 단어만으로 이 모든 것에 색
을 입히는, 한마디로 순진의 극치라고 할 만했다. 간혹 차
르나 혁명 혹은 진짜 옛날이야기, 실제 있었던 기억 등을
늘어놓기라도 하면, 싸구려 물건 속에서 빛나는 작은 다이
아몬드 같은 효과를 발휘하기도 했다.

　블라디미르와 나는 하루에 네 군데에서 다섯 군데의 지
붕을 손보았다. 그는 나를 따라 지붕으로 올라온 다음 내
가 지시한 자리보다 훨씬 멀리 떨어진 곳에 장비를 내려놓
았다. 나는 원래 잔인해서 그런지 그 친구가 현기증을 느
낄 때마다 짜릿함을 느꼈다. 하루하루 작업을 하면서 그
친구의 공포증을 배가시키는 일은 정말이지 흥미진진한
도전과제와도 같았다. 바보 같은 짓이었다. 지금 생각해보
니 정말 멍청한 짓이었다. 하지만 신명나도록 유쾌한 일이
었다. 덫을 만들고, 던져줄 미끼, 분노의 반응, 애원의 반
응 등을 떠올렸으며, 직속상사를 부르기도 했고, 내가 몸
소 허공에 몸을 던지겠다고 협박까지 했다. 하지만 아무
소용도 없었다. 블라디미르는 소리를 지르고, 불같이 화를
내거나 나한테 욕을 퍼붓기도 했지만, 두어 번 정도는 눈
물을 뚝뚝 흘리며 울부짖었다.

블라디미르는 허공에서 2미터 이내로는 절대 접근하지 않았다.

블라디미르는 걸핏하면 늑대가 나타났다는 식으로 위험을 강조하고, 화재를 연상시키는 듯한 얼빠진 눈으로 대응했다.

떡갈나무처럼 묵직한 현기증, 그건 칼로 도려내야 할 두려움이었다.

젊은 친구가 목이 쉬도록 소극적인 욕설을 뱉어내고 식은땀을 흘리며 공포에 벌벌 떤 반면, 나는 두 팔을 쭉 뻗고 주먹 두 개 정도 넓이의 연석에서 깡충깡충 뛰어다녔다. 야수처럼 돌변한 젊은 친구는 제자리에서 빙빙 돌면서 자기에게 부당한 고문을 가하고 있는 내게 어떻게든 대가를 치르게 하고 싶어 약이 잔뜩 오른 눈치였다. 나는 올라서 있는 곳에서 내려올 엄두가 나지 않았다. 성난 젊은이가 버티고 서 있었으니 그럴 수밖에. 극도의 공포심을 가지고 놀며 살살 약을 올렸으니 나는 필히 젊은이들의 기막힌 비난의 광풍과 그들만의 물리적 린치를 당하게 될 것이다. 그래봐야 절대로 바뀌지 않는 서열이라는 것이 있기 때문에 내 행동에 따른 벌을 받는다 해도 소극적인 벌일 게 뻔했다. 떨리는 손으로 내 어깨를 여러 차례 미는 정도, 그나마도 내게 결투를 신청해서 자신의 남성다움을 조금이라도 회복하겠다는 정당한 방식으로.

아마 블라디미르는 내가 사라진 뒤로 고생깨나 했을 것이다. 내가 그 친구한테는 넷째 혹은 다섯째 형 같았으니 말이다. 혈기왕성한 면은 좀 떨어졌지만, 그래도 다른 형제들에 비해서는 아주 미약하게나마 조금 더 정통에 가까운 형제 같았기 때문이다. 나는 그의 형제들을 만나 그 큰 손을 붙잡고 여러 차례 악수도 나누었는데, 정말이지 악수하다가 팔뚝이 떨어져나갈 정도로 얼얼했다. 블라디미르는 종종 가족모임에 나를 초대해주곤 했다. 물론 무식하다 싶을 정도로 힘이 넘쳐나는 그들만의 모임에 여성적인 부분이 뚫고 들어갈 자리는 없어 보였기 때문에 아내를 데리고 간 적은 한 번도 없었다. 블라디미르의 형 하나가 자신의 약혼녀를 소개했던 날 밤, 나는 놀라움과 부끄러움을 번갈아 느끼며 여러 차례에 걸쳐 심하게 낯을 붉혔다. 전형적인 갈색 머리에 키가 큰 그 여성은 마치 손에 장갑을 끼듯 자연스럽게 그 집안에 발을 들였다.

내가 사라짐으로써 블라디미르는 형제를 한 명 잃은 셈이었지만, 무엇보다도 그가 지붕 위에만 올라가면 나무 위에 걸린 한 마리 송어처럼 기이한 행동을 벌인다는 사실을 숨기면서 그의 가족들을 다소 업신여기던 상사 한 명을 잃었다. 블라디미르는 직장을 잃었다. 의심의 여지가 없는 결과다. 내 후임은 오래지 않아 그의 실체를 파악했을 테니 말이다.

블라디미르 그 친구, 나를 찾아보려고 하긴 했을까?

경찰이 실종수사에 착수하도록 그들을 찾아가 그들의 면전에서 그 긴 팔을 신경질적으로 휘두르긴 했을까?

아내에게 얘기를 하긴 했을까?

44

지금 시각은 저녁 일곱시에서 일곱시 반쯤 되었을 것이다. 친애하는 이웃집 남자에게 그가 돼지처럼 울어대는 소리가 나한테 얼마나 정교하고 섬세하게 들리는지 말이라도 해줄 수 있다면 정말 소원이 없을 것 같다. 어느 정도 난청이라고는 생각되지만─자기 고막을 찢으려는 게 아니라면 어떻게 그런 큰 소리를 내겠는가─그의 면전에 대고 그가 만들어내는 돼지 멱따는 소리가 나한테는 시계 분침처럼 작용하고 있다고 고래고래 소리를 질러줬으면 좋겠다. 그 시계라는 게 칼같이 정확하게 들어맞지도 않고 시간을 알리는 숫자판 하나 없이 미끈한 접시처럼 생겨먹었지만, 그래도 나한테 시간적 가치를 지니기는 한다고 말이다.

아내가 늦을 것 같지는 않다. 오늘 아침부터 거부할 수 없을 정도로 강렬하고 집착에 가까운, 어마어마한 사랑과 같은 욕구가 용솟음치고 있다.

오늘 아침부터 정말 미치도록 아내가 보고 싶다.

아내가 토실토실하고 하얀 살결로 뒤덮인 손으로 자기 손처럼 살이 오른 허연 고깃덩이, 그러니까 석쇠에 구운 돼지고기나 빵가루를 입혀 튀긴 닭고기, 소스에 버무린 칠면조 고기 등이 가득 담긴 종이상자를 들이미는 모습이 타는 듯한 갈증으로 목이 마른 것처럼 보고 싶다. 통로에 켜둔 역겨운 네온 조명에 비친 아내의 얼굴 윤곽을 그려보고 싶은 마음이 미친 듯이 치솟았다. 달덩이처럼 꽉 차오른 양 볼, 배처럼 불룩 튀어나온 부위에 붙여놓은 듯 반쯤 벌어진 울퉁불퉁한 입, 그 위로 흑단처럼 검은 두 개의 눈동자, 화덕처럼 시커먼 아파트에서 조그만 소동이라도 벌어지기를 호시탐탐 노리는 듯한 날카롭고 강렬한 눈동자.

짐승 같은 저 인간이 나를 보자마자 격분해서는 문을 확

달아버릴지도 모른다는 두려움이 엄습했다. 짐승 같은 저 인간, 혹시 저렇게 영영 도망치는 건 아닌지 걱정스럽다. 그런 일이 발생한다면 충격이 대단할 것이다. 아무튼 내 생각은 그렇다.

매복할 곳을 만들어야 하는데, 가구고 뭐고 다 없어진 상태라 숨을 곳도 없다. 이런 사막 같은 허허벌판에서는 어디에 숨어야 할까? 가지가 세 개뿐인 커다란 선인장 뒤에서 두 팔을 반쯤 들어올리고 있어야 하나? 이곳에 있는 식물이라고는 이 세상만큼이나 오래된 낡은 마룻바닥이 전부다. 그나마 내가 그 마룻바닥에 손톱으로 구멍이라도 내지 않는 한 나를 둘러싼 자연환경은 내 슬픔에 묵묵부답 무관심으로 대응할 것이다.

제길, 도대체 방법이 없네, 없어.

결국 이런 식이 차라리 더 나을지도 모르겠다.

아, 그렇다! 완전히 벌거벗겨진 이 공간에도 분명 숨을 곳은 있었다. 바로 문. 나는 바닥에 누운 채로 몸을 둥글게 말아 문을 열 때 벽과 부딪히는 구석으로 들어가 몸을 젖혀 벽에 기댄 다음 다리는 배에, 무릎은 벌써 몇 달 동안 쳐다볼 엄두가 나지 않는 삐쩍 마른 가슴에 갖다 붙였다.

내가 꼭 기다려야 할 필요는 없었다.

그러고 보니 그게 무엇인지, 기다려야 할 필요가 없다는 게 무슨 의미인지도 까맣게 잊고 살았다.

그런 생각과 거의 동시에 아내의 발걸음 소리가 귀에 들려왔다. 싸구려 나무문 때문에 둔탁하게 들리긴 했지만 분명 발소리였다. 다 썩어가는 나무 문짝은 팔다리가 성한 사람이라면 누구든 어깨로 툭 치기만 하면 구멍이 날 만큼 오래된 문이었고, 나는 그 문이 절대 부서지지 않도록 방탄설비를 하고 싶었다. 어쨌든 좀더 단단해졌으면, 비록 내가 수평으로 활동하는 유일한 인간 신종(新種)이기는 하지만 내가 정상으로 회복되면, 더 나아가 아예 죽어버리면 확실히 멸종해버릴 이 빌어먹을 수평성을 너무 절실히 느끼지는 않을 만큼은 단단해졌으면 했다.

그녀가 바로 저기에 있다는 것을 알게 되었다. 팔 하나 뻗으면 닿을 거리에서 그녀는 사과처럼 둥근 머리를 세면도구 가방 속에 처박은 채 마치 간수처럼 묵직한 열쇠 꾸러미—저 수많은 쇠붙이 조각이 도대체 어디를 열고 닫는 데 쓰이는지 도통 알 수가 없다—를 찾고 있었다. 그녀가 바로 내 앞에 있다는 것을 알게 되자 기쁨에 겨운 신음소리가 터져나왔다.

내게 해명을 요구하지 마라.

나 역시 일관성 없는 내 행동이 당신들만큼이나 이해되지 않는다.

나는 문이 열리기를 기다리며 벽에 몸을 바싹 기대고 양서류가 튀어오를 때처럼 두 발에 힘을 모으고 있다가 빛의 삼각지대가 보이자마자 있는 힘껏 두 발을 내뻗었다.

오호, 쾌재라! 이제는 내게도 용기가 생긴 게 분명하다.

그래, 내 관자놀이에 매그넘 총구를 들이대봐라, 부들부들 떨지 않을 자신이 있다.

시체실처럼 싸늘한 방에 날 가두어봐라, 식은 죽 먹기보다 쉬운 일이라고 장담한다.

내 눈에 보이는 그 덩치는 적어도 120킬로그램은 되어 보였고 악취가 나는 굵은 땀방울을 뚝뚝 흘리고 있었다. 엘리베이터가 고상이 나서 가파른 계단을 걸어서 올라온 거라고 추측되었다.

내 눈으로 보고 있는 저 여자는 짐승에서 그리 멀지 않은 존재였다. 시뻘건 피부와 땀에 흥건히 젖은 모습은 연못에서 방금 건져올린 물고기와 닮아 있었다. 하지만 그 크기는 가장 어두운 심해에 살면서 어린아이들의 꿈나라 속에나 나올 법한 생물체처럼 아주 거대했다. 어린아이들

로 하여금 눈물과 오줌으로 이불을 적시게 만드는 장본인
은 다름아닌 그 생물체들이다. 그것 때문에 아이들이 수치
심과 앙심을 품은 채 밤잠을 설치는 것이다.

내 눈으로 보고 있는 저 여자는 정말 거대하다. 그 여자
가 바로 내 여자였다.

정말 웃고 싶지 않았지만 내 안에 숨어 있던 끔찍한 공
포가 얼마 전부터 터져나오려 했던 폭소를 내 신경을 건드
려가면서까지 있는 힘껏 끌어내 기어이 입 밖으로 터뜨리
고야 말았다.

아내는 붉은 얼굴이 굳어버릴 정도로 깜짝 놀랐지만, 그
렇다고 내 상황이 나아진 것은 아니었다. 마치 화산이 폭
발하듯 내 입에서 뿜어져나온 웃음소리에 아내도 나만큼
이나 겁을 집어먹었다. 나는 혹시라도 내 웃음의 광기가
전염되어 번져나갈까 두려워 그 즉시 웃음을 멈추었다. 아
내는 내가 몸소 보여준 독주회의 바통을 이어받기라도 할
듯 입을 커다랗게 벌렸다. 하지만 그 입에서는 오로지 악
취 섞인 입김과 퀴퀴한 부엌 냄새만 풍겨나올 뿐이었다.

아내는 소리를 지르려고 하지는 않았다. 숨이 막힌 듯
보였다. 놀라움, 두려움 그리고 증오심으로 인해 목젖이
소스라치게 놀랐고, 그로 인해 부동자세로 있던 그녀의 몸

과는 달리 목구멍 전체가 부들부들 떨리고 있었다. 작은 눈은 마치 털이불 속에 몸을 숨긴 빈대들처럼 얼굴에서 쑥 들어가 있었고, 피부는 당장이라도 터져나갈 듯 부풀어올랐다.

그녀는 나와 내 두려움이 보는 앞에서 쾅 소리를 내며 문을 닫아버렸다.

그게 끝이었다. 대면은 4초, 아니, 5초를 넘기지 못하고 끝났다. 일생일대의 끔찍한 공포를 경험할 만큼의 시간.

그 공포가 생각한 것보다, 눈에 보이는 것보다 훨씬 심각할 거라는 사실을 깨달을 만큼의 시간. 그건 바로 120킬로그램의 괴물과 사랑에 빠진 한 남자의 두려움이었다.

45

그 부분은 말하고 싶지 않다. 그냥 잊어버리자. 외로움에 찌들어 살다보면 증오라는 것은 사랑과 단짝 형제처럼 닮은꼴이 될 수도 있다. 격리된 상태로 오랜 시간을 버티다보면 등받이 없는 둥근 의자하고도 사랑에 빠질 수 있다. 이 모든 게 다 내 정신의 반쪽이 나가버렸기 때문이지 그 이상도 이하도 아니다. 불쌍한 내 정신상태, 배가 너무 고파서 쩔쩔매고 있었던 것이다. 먹는 건 잘 먹어야 하지 않겠는가. 내 정신상태는 신경증이라는 멜론으로 저글링을 하면서 우연 혹은 부주의로 인해 그중 하나가 바닥에 떨어져 터져버리면 그 과즙을 핥고 살을 맛볼 수 있기만을 기대하는 실정이다. 몸속의 배관들이 자아내는 온갖 소음이 또 다른 미친 짓거리를 하게 만들지도 모른다. 목덜미 피부 속에 숨은 암 덩어리들 역시 똑같은 식으로 소란을 피울지도 모른다. 재수가 없어서, 말 그대로 정말 재수가 없어서 마치 암 덩어리처럼 터져버린 것은 가장 심하게 썩어 뭉그러진 과일이었고, 내 얼굴 정면으로 뿜어져나온 것은 내 집착이었다. 하지만 그게 무슨 대수겠는가. 결과적으로 말이다.

내가 바보처럼 사랑이라고 믿었던 사랑해야 할 필요성을 떨쳐내는 데는 찰나의 시간도 걸리지 않을 것이다.

만일 내 위가 인간의 말을 할 수 있다면, 내 위는 나에게 바가지로 욕을 퍼부었을 것이다. 나는 내 위장이 끊임없이 그르렁거리면서 늘어놓는 말들을 하나도 이해할 수 없다. 하지만 이런 불평불만은 굳이 알리고자 하는 대상과 공통의 언어로 표현될 필요는 없다. 언제 들어도 불평불만이라는 것을 알 수 있기 때문이다. 만약 내가 세계 최고의 저글링 선수였다면 내 저녁식사 메뉴는 과연 어땠을까 하고 열심히 상상해본다. 온기가 남아 있는 바게트 빵 반 토막에 카망베르 치즈 한 조각, 목넘김이 일품인 보르도 산 와인한 잔…… 상상 속에 그려본 가상의 간식이야말로 단연나를 기다리고 있는 최고의 대우라 할 수 있다. 그러니 일단은 여기서 만족하도록 하자. 노릇노릇한 치즈가 살짝 녹아 있는 빵 끄트머리를 게걸스럽게 먹어치우고 목구멍으로 넘어가는 묵직한 맛의 붉은 와인을 느껴보자. 상상력을 유감없이 발휘하고 만찬을 즐겨보자. 물질에 대한 생각은 그 물질 자체보다 더 깊은 맛을 지니고 있다.

46

블라디미르는 사랑이라는 것을 구멍 송송 뚫린 치즈처럼 바람 새는 인생의 공허함을 메우기 위해 인간이 만들어낸 것이라 굳게 믿고 있으며, 자신을 주눅들게 하는 허공에 대한 두려움은 미끈하게 잘 빠진 환상적인 아가씨를 만나 이성을 잃게 되는 날 사라질 거라고 호언장담했다.

블라디미르가 모르는 것이 있다면 자신이 여자 때문에 이성을 잃어버릴 일은 없다는 것이다.

블라디미르가 모르는 것이 있다면 자신이 여자들의 얼을 쏙 빼놓는 장본인이라는 것이다. 그런 부류의 친구들은 전 세계 어디에나 퍼져 있는 족속들로, 그 존재만으로도 옥수수 밭을 덮친 대규모 메뚜기 떼의 공격보다 훨씬 강한 힘으로 뭇 여성들의 마음을 쑥대밭으로 만들어놓는다. 그러나 블라디미르는 그런 자신의 능력을 전혀 모르고 있다. 그 능력이라는 것은 누군가의 마음에 들고 싶다거나 누군가를 꼬시겠다는 사심을 완전히 비운 상태에서 나타나는, 전적으로 자발적인 성격에 달려 있다. 젊은 남자가 매력적으로 보이는 이유는 그 자신이 거부할 수 없는 매력을 지니고 있다는 것을 모르기 때문이며, 그가 자기 면전에서 남을 유혹하는 능력을 뽐내려는 이들을 무시할 것이기 때문이다. 블라디미르가 제아무리 돌발적인 행동을 하더라도 길을 가던 아가씨들은 창백한 갈대 같은 그 친구한테 빠져들 것이다. 러시아의 피를 이어받은 무뚝뚝하고 가혹한 성격, 상대를 냉대하는 아일랜드 사람들의 기질, 강력하게 독립을 주장하는 코르시카 사람들의 성향과 정반대

되는 그의 나약함에 푹 빠져들게 된다. 그러나 그 친구는 우리가 한 달에 한 번 지붕 안전점검 계획의 일환으로 대학 건물 꼭대기에 올라가 작업을 할 때마다 우중충하고 비좁은 복도에 모여든 여학생들의 불타는 시선마저도 몰라볼 정도로 아무것도 인식하지 못했다. 한 무리의 아가씨들은 마치 태양을 쫓아다니듯 내 러시아 친구의 움직임을 따라다녔고, 내 눈에는 그 얼빠진 아가씨들의 얼굴이 금발의 머리카락을 엄청나게 긴 꽃잎처럼 휘날리는 커다랗고 노란 해바라기로 보일 정도였다.

블라디미르는 그런 분위기를 전혀 감지하지 못했다. 그 친구가 턱을 치켜올려 가리키는 아가씨는 항상 거만한 자태에 나이는 30대, 대단한 가문에 시집은 갔지만 작은 아파트 한 채 값에 가까운 결혼반지를 끼워줄 능력이 있는 사회적 신분의 남자와 사랑 없는 결혼생활을 하고 있을 것 같은 여자였다. 다시 말해, 상대를 잘못 골라도 한참 잘못 고른다는 뜻이다. 마치 확실한 실패를 확인하려는 듯.

나는 그 친구를 높이 평가했던 것 같다. 이제야 드는 생각이지만 모든 정황에 비추어볼 때 블라디미르는 최고의 친구였다.

내가 그 친구의 현기증을 자극하는 이유는 바로 거기에

있었다. 사람들은 자기가 사랑하는 사람들을 고문할 때 아주 즐겁게 그 일을 행하는 법이다.

47

그 잊을 수 없는 일대일 대면이 내 생존에 끼칠 수 있는 악영향에 대해 평가해보는 일이 남았다. 갑작스레 터져나온 박장대소 그리고 그 웃음이 지니고 있는 폭력성과 광기는 가장 매혹적인 나이아스*에게 모멸감을 느끼게 했을 것이다. 그러니 그 웃음이 아내의 자아에 행한 테러 사태의 정도를 감히 상상할 엄두도 나지 않는다.

나는 오직 한 가지 가능성 — 여러 가능성 중에서도 가장 반갑지 않은 — 만을 고려할 수밖에 없는 상황이다. 시곗줄이 너무 조여졌는지 피가 안 통해 하얗게 변한 그 손목, 그러니까 열린 문틈 사이로 일용할 양식을 밀어넣어주던 그 하얀 손목을 앞으로는 다시 볼 수 없다는 것이다. 내가 내 손으로 내 사형판결에 서명을 해버린 꼴이란 말인가? 장

---

* 그리스 신화에 나오는 물의 요정.

담할 수는 없다. 불확실성은 아내를 이상적인 의인화 대상으로 고른 것 같다. 운을 계산에 넣는 행위는 아내와 관련된 일이라면 거의 예언에 가깝다. 그 짐승 같은 인간의 머릿속에 논리에 가깝다고 할 만한 게 있는지 찾아보라는 도전과제를 당신들에게 내주고 싶을 정도다. 당신들이 내놓은 예측은 아내가 나를 위해 준비한 기상천외한 짓거리와는 거리가 멀어도 한참 멀 거라는 확신이 든다.

아내를 보면서 또 한 번 놀라게 된다. 성질 더러운 저 여편네는 글을 쓰기 위해 태어났고, 나는 아내라는 예측불허 천재적 인간의 대필작가가 되었다는 사실에 자부심마저 드는 나 자신이 놀라울 뿐이다. 내 이야기, 내 이야기를 끌어낸 선구자는 바로 아내였다.

내가 겪은 역정은 아내의 그림자에 지나지 않았다.

벽에다 내 앙상한 몸뚱어리의 윤곽을 그리고 있는, 저 손, 저 손은 아내의 손이다.

타오르는 듯한 비명을 뱉어내는 내 입을 벌리고 있는, 조명을 받은 손가락, 한 달에 한 번 우리 집 지붕 위로 떠오르는 보름달처럼 둥글게 벌어진 내 입을 그림자로 만들어내는 저 손가락, 저 손가락은 아내의 손가락이다.

그리고 마지막으로, 이 글을 쓰고 있는 사람은 바로 그녀다. 마치 그 옛날 히틀러가 음울하고 들키기 쉬운 은신처에 숨어서 귀엽고 어린 안네 프랑크의 『일기』를 대신 써준 것처럼 말이다.

그녀가 돌아왔다. 그녀는 돌아왔고, 모든 면에서 평소를 능가하는 모습을 보여주고 있다. 이 정도의 진수성찬을 기대하지는 않았다. 문에서 1미터 떨어진 곳에는 손잡이가 아직도 뜨거운 수프 그릇이 하나 놓여 있고 그 안에는 제대로 된 부르기뇽 산 쇠고기 살점이 가득 들어 있다. 소스에는 백리향 가지가 둥둥 떠다녔고 평화를 상징하는 백기도 갖춰져 있었다.

이 정도의 만찬이라면 적어도 예의는 갖추고 먹어줘야겠다는 생각이 들었다. 그래서 더러운 이불을 여덟 번에 걸쳐 접은 뒤, 누런 때가 가장 덜 묻은 곳이 밖으로 보이도록 만들었다. 손과 손톱도 말끔히 정리했다. 자, 이 정도면 찾아온 기회를 제대로 누릴 줄 아는 사람이라 할 수 있지 않겠는가. 비록 그 기회의 가치가 상대적이긴 하지만.

하지만 수평으로 누워 있는 내 자세는 식사 시작부터 턱수염을 소스에 처박게 만들면서 격식에 대한 내 갈망을 단번에 날려버렸다. 인정해줄 사람이 아무도 없다면 예의나

의전 같은 것은 아무짝에도 쓸모없다. 세상에 홀로 남게 되면 포크 같은 식사도구나 굳게 닫힌 입은 부조리에 불과하다. 나는 두 손을 수프 그릇에 푹 담근 뒤 큼지막한 고깃덩이를 건져냈다. 손가락을 마치 여과기처럼 사용해 국물과 당근을 걸러냈다. 에너지를 공급하는 칼로리라는 것은 소스나 야채 같은 부재료에는 함유되어 있지 않기 때문이다. 음식의 맛이 훌륭한지는 나중에 따질 일이다.

그런 이유로 나는 정말 진미로 보이는, 부드럽고 깊은 맛을 낼 만하면서도 완벽하게 익은 고깃덩이를 건져먹었다.

전문가의 솜씨.

이제는 그릇의 바닥을 박박 긁어서 마지막 남은 살점 부스러기까지 하나로 모으고 있다. 여과기에 걸려 떨어져나갔던 갈색 떡심줄까지 모조리.

나는 단 한 번의 시도만으로도 충분하도록 요령껏 머리를 썼다. 즉 손바닥을 칼날처럼 세우고 오른쪽에서 왼쪽으로 천천히, 체계적으로 측면을 따라 움직였다. 가장 거칠고 세련되지 않은 방법이 고도의 기술을 요구한다.

나는 손가락을 아주 살짝 벌리고 그릇의 바닥까지 싹싹 긁어냈다. 소스가 그릇 속에서 휘휘 돌아다니고 있었기에 속도를 잘 조절했다. 내 손은 서쪽 끝 지점에 다다른 다음

'최후의 생존자'들을 '바다'에서 건져냈다. 최후의 생존자들은 피곤에 절고 온몸이 흐물흐물한 상태였지만 패잔병들만의 강한 향이 넘쳐났다.

둥글게 썬 당근 조각, 익힌 야채 그리고 반 이상 잘게 부서진 고기 조각 사이로 정체불명의 부유물이 떠돌아다닌다.

한눈에 봐도 가공하지 않은 것 같은 작고 하얀 통나무 조각.

깨끗하게 잘라낸 것 같은 이상한 돌기.

한쪽에 작은 뼛조각이 튀어나온 걸 볼 수 있었다.

그리고 다른 쪽에 손톱 같은 것이 보였다.

내 손에 발가락 하나가 잡혔다.

절단면을 보니 자를 당시 일말의 주저함도 없이 단호하게 잘라낸 것 같았다. 칼을 댄 곳의 살이 마치 카르파초*처럼 반질거렸다.

발가락을 잘라낸 솜씨에 대해서는 두말할 나위도 없었다.

전문가의 솜씨.

발가락이 잘린 그 사람, 나는 그 사람이 혹시 나와 그냥

---

* 얇게 썬 쇠고기 육회에 소스를 뿌리고 여러 가지 야채를 얹은 이탈리아식 요리.

지나칠 수 없는 관계는 아닌지 덜컥 겁이 났다.

그 사람과 혹시 혈연관계는 아닌지 두려웠다.

그런 생각이 들자마자 언젠가 발생했던 '비행기 사고'와 관련된 기억이 머릿속을 스치고 지나갔다. 내 식사로 나왔던 으깬 감자 위에 추락한 종이비행기의 동체. 그 동체에는 극도로 자극적인 메시지가 잉크로 쓰여 있었다. 내 기억이 틀리지 않는다면 "당신 어머니는 머지않아 당신 아버지 피를 보며 죽게 될 거야"라는 내용이었다.

아마 그런 내용이었을 것이다. 그렇지 않은가?

자신의 허풍이 단순한 허풍이 아닌 확신이었다는 것을 보여주고 싶었던 것 같다.

빌어먹을 년, 그 누구보다 언행일치가 확실한 년이다. 자신이 한 말은 지키는 사람.

발가락 표면을 보니 잔털이 보이지 않았다. 즉, 남자의 것은 아니라는 뜻이다.

당신 어머니는 머지않아 당신 아버지 피를 보며 죽게 될 거야.

더 자세히 들여다보니 발톱 각피에 분홍색 매니큐어의 흔적이 남아 있었다.

48

이미 얘기했듯이 수요일이면 정신나간 촉수처럼 팔을 흔들어대는 미용사를 만나고, 식당에서 한바탕 소란을 일으켜 썩은 고기 같은 여편네들의 속이 쓰릴 만큼 질투심을 유발하는 사건이 10여 차례 발생했다. 아마 기억이 날 것이다.

그런 다음에 어머니와 나는 네일 샵으로 향했다.

어머니는 유난히 분홍색을 좋아하셨다. 과연 공주다운 면모다.

진분홍색.

어머니의 어리석고 우스꽝스러운 면모. 당신들은 그렇게 생각할 권한이 있다. 당신들의 어머니는 아마 우아함을 온몸으로 실천하시는 분들일 테니……

전적으로 여성적인 그 동네의 대화 내용은 결국에는 벽 깊은 곳까지 스며들기 마련이라 벽지를 툭 건드리면 야비함이 은근히 배어 있는 칭찬이나 매혹적인 험담이 줄줄 쏟아져내린다. 자리에 없는 여자들의 말은 다 잘못된 것이고 인간관계도 그저 그렇다고 여겨지는 반면, 자리를 지키고 있는 여자들은 찰랑찰랑한 헤어스타일에 염색도 환상적으로 잘 되었다고 여겨진다. 이런 평판은 마치 손바닥을 뒤집듯 하룻밤이면 뒤바뀔 수 있어서, 흉볼 것 없는 모범적인 아내들이 24시간 뒤에는 행실 나쁜 속물로 둔갑한다.

분홍색. 분홍색은 스무 개에 달하는 어머니의 손톱 발톱을 돋보이게 해주는 색이었다.

네일 아티스트는 자신의 손톱을 물어뜯는다. 그러면 장식용 모조 손톱이 물어뜯긴 손톱의 자리를 대신하기 시작하고, 탈색된 금발을 한 그 여자는 그 모조 손톱을 또 물어뜯어버린다. 결과적으로 여타 광고와 다를 바가 없는 것이다. "제 서비스가 없었다면 부인들의 손톱이 얼마나 흉하게 보일지 잘 아시겠어요? 흉측하게 부어오르고 시뻘건 얼룩이 묻은 제 손가락을 한번 보세요. 여러분들의 손톱이 좀더 돋보이도록 각별한 신경을 쓰다가 이렇게 된 거예요. 중이 제 머리 못 깎는다는 말 들어보셨죠? 제 경우가 바로 그래요."

법원 청사가 부럽지 않은 이 소굴에서는 매주 가장 충성도 높은 고객 한 명을 골라 재판을 거행한다. 그 대상이 되는 부인의 유일한 잘못이라면 계속해서 어디론가 이동해야 하는 남편을 만났다는 것이다. 험한 말들이 그녀를 고약한 여편네로 만들어버리고, 그녀가 제아무리 비싼 돈을 들여 바다소금으로 족욕 마사지를 받아도 상황은 전혀 달라지지 않았다. 전근이 잦은 남편은 아내를 빌어먹을 여편네로 만들어버렸다.

다음날, 우라지게 욕을 먹은 빌어먹을 여편네는 이번에는 다른 방향으로 문을 밀고 들어가 순수의 극치를 달리는 여왕 대접을 받게 된다.

진분홍색.

내 어머니는 어디를 가시나 스타 대접을 받으셨다. 어머니가 착용하신 장신구나 머플러 등은 성급히 분류된 서류들이나 너무 일찍 덮어버린 사랑처럼 유행의 물결을 탔다. 집착에 가까울 정도로 고집하셨던 분홍색은 순식간에 샵의 모든 손님의 손톱 발톱으로 번져나갔다. 사람들은 모두 어머니 같은 발을 갖고 싶어했다. 나머지는 흉내낼 여력이 없었기 때문이다.

수프 그릇에서 나온 발가락 끝에는 마치 설탕처럼 반짝이는 분홍색 매니큐어가 칠해져 있었다.

이게…… 제 손에 들린 이 발가락이 어머니의 것이 아니라면 도대체 누구의 것이겠습니까?

살아 계시든 돌아가셨든, 이제 어머니 발에는 구멍이 뚫려 있겠군요. 무슨 일이 벌어졌든, 어머니 발에 난 구멍,

그건 다 제 잘못입니다.

죄송합니다.

어머니는 어딘가 항상 부족하시긴 했지만 언제나 제 어머니이십니다. 죄송합니다.

살은 썩어 문드러진다. 그리고 부패하면서 악취를 풍기고 곧이어 구더기까지 들끓게 된다.

나는 어머니의 발가락을 처리해야 한다.

장례식을 치르는 건 불가능하니, 아쉬운 대로 변기에 넣어드리고 물을 내리는 것으로 매장 의식을 대신할 수밖에 없다.

비극적인 최후다. 비록 발가락 하나에 불과하지만……

나는 본의 아니게 어머니의 발가락이 도시의 내장기관 속에서 거치게 될 여정을 떠올려보았다. 그러다가 과연 어디에 이르게 될까? 어머니의 신체 일부를 이런 식으로 처리해도 되는 걸까? 하지만 어떻게 보면 공동묘혈이라 할 수 있는 변기에서는 해수요법 치료도 가능해 보이긴 한다.

어쩔 수 없다. 내 거처의 정반대편에 있는 그곳에 가져다놓고 시간이 흐르면서 병균이 득실득실 모여들도록 내버려둘 수밖에. 마누라가 기거하는 방 말이다. 그녀가 상아처럼 희고 작은 두 발, 한쪽에 발가락이 다섯 개씩 붙어 있는, 완벽한 짝을 이루는 두 발을 내려놓는 고요하고 애정이 깃든 바로 그 장소에 잔털 하나 없이 희멀건 구더기들이 들끓도록 내버려둘 수밖에.

어머니, 발가락이 잘려나갔다는 사실 자체보다 제가 더 걱정되는 것은 과연 어떤 상황에서 그런 일을 겪으셨나 하는 것입니다.

절단 행위가 이루어지던 당시의 상황이 너무도 걱정스럽습니다.

당신 어머니는 당신 아버지 피를 보며 죽게 될 거야.

이미 돌아가신 걸까? 아버지 말이다. 그러면 어머니는 당신의 피와 아버지의 피가 뒤섞여 만들어진 거대하고 시뻘건 피웅덩이 속에서 뒹구셨단 말인가? 일말의 외과적 지식도 없이 단호하게 실시된 외과시술의 즉각적 결과는 헤모글로빈을 뒤집어쓰고 목욕을 한 꼴을 당하는 것이다.

어머니는 지하창고에 갇힌 채 젖은 흙으로 뒤덮인 남편의 시신을 부둥켜안고 울고 계시지 않을까? 죽은 남편이 다시 살아나기만을 기다리며 시체를 부여잡고 희망과 추위에 벌벌 떨면서 마치 생명의 위로주라도 되는 듯 굵은 눈물을 흘리고 계시지는 않을까?

두 분의 운명을 도무지 알 수 없다는 사실이 나를 절대 공포 속으로 깊숙이 밀어넣고 있다.

차라리 두 양반 모두 돌아가셨다는 것을 확인하는 편이 속 편한 일일 것이다.

49

아내와 나는 관계도 참 많이 가졌다. 아내의 사랑을 시험대에 올려놓았던 그 힘든 시기에도 적지 않은 공공장소가 우리 부부의 끓어오르는 욕정으로 인해 적잖이 곤욕을 치렀다. 식당에서 그짓을 하다가 문 밖으로 쫓겨나기도 했고, 박물관도 예외는 아니었다. 병원, 나이트클럽에서도 우리는 그짓을 했다.

성적 수치심을 자극했다는 그 비난들은 폐경기를 지난 중년여성들, 우울증을 겪고 있는 의사들 그리고 매일 밤 젊고 탱탱한 엉덩이를 흔들어대는 아가씨들이 마치 다다를 수 없는 지상낙원의 꿈처럼 자기들의 눈앞에서 펼치는 광경을 눈으로만 감상할 수밖에 없어서 욕구불만에 걸린 나이트클럽 문지기들이 내리는 평결이자 소극적인 복수처럼 보였다. 우리 부부는 그 사람들의 욕구불만을 정상참작 요건으로 판단하고 그들의 부족한 외교 수완을 이해했다. 그래서 실망 속에 살아가는 그들에게 사과를 했지만 받아주지도 않았을 뿐더러 거칠게 밖으로 내쫓길 수밖에 없었다. 우리 부부는 그 불행한 사람들에게 우리가 가진 모든 동정과 연민을 아낌없이 쏟아부었다. 그런 일이 있은 다음날, 아무런 설명 없이 꽃을 보내주기도 했다.

그들은 우리가 소유한 것을 가지고 있지 못했다.

내 신뢰가 풍전등화의 운명처럼 심하게 흔들리고 있을 때, 거대한 사기극의 실체가 드러날 날이 얼마 남지 않았을 때, 그때도 나는 아내를 격정적으로, 폭력적일 만큼 강렬하게 안아주었다. 마치 얼마 후면 비열한 배신 행위를 벌이게 될 그 몸뚱어리를 내 것으로 삼기라도 하려는 듯 말이다.

우리 부부는 많은 관계를 가졌다. 최후의 순간이 다다르기 직전까지.

최후의 잠자리는 눈도 채 떠지기 전인 새벽녘이었다. 그리고 그날이 바로 내가 지붕에서 바닥으로 떨어진 날이었다. 당시 시각 아침 일곱시. 시끄럽게 울려대던 자명종은 우리의 정신을 반밖에 깨우지 못했지만, 우리의 몸만큼은 완전히 제 기능을 발휘하도록 만들어주었다. 순간적으로 만들어져 시간의 개념이 존재하지 않는 그 세상에서 우리의 손은 부정확한 동작으로 상대의 욕망을 자극하고 상대의 몸을 보듬어주었다.

내 손가락 사이로 느껴지던 아내의 살결, 그것은 최후의 촉감이었다. 하지만 난 전혀 모르고 있었다.

이른 아침에 가진 최후의 육체적 결합, 그것은 작별 키스만큼이나 아름다웠다. 하지만 난 전혀 모르고 있었다.

바로 그날, 그것도 일순간에 행운의 이면이 나를 땅바닥에 내리꽂을 줄은 정말 몰랐다.

나는 벌레들이 엄청 커다랗다는 것 그리고 마룻바닥 틈 사이에 이름도 알 수 없는 공동체가 모여살고 있다는 것을 전혀 모르고 있었다.

바닥을 기어다니는 입장에서는 그런 존재가 있을 거라고 겨우 추측했을 뿐이다.

나는 여전히 건강하기는 하지만 솔직히 많이 배우지는 못해 무식하다.

50

아내의 목덜미는 아마 전보다 훨씬 더 탐스러워졌을 것이다. 보드라운 살결은 탄력이 더 좋아졌을 것이다. 비곗살이 늘어난 것에는 좋은 점이 많은 것이다. 예를 들어 불어나는 살은 지루함을 퇴치하는 좋은 수단이 될 수도 있다. 만일 당신들의 신체부위가 바닥에 밀착되는 정도가 매우 높다면 진흙 위에 당신들이 남긴 흔적은 상대적으로 오랫동안 사라지지 않는다. 당신이 만일 엄청난 덩치의 소유자라면 길거리에서 시비를 거는 사람이 없을 것이다. 극장 앞 매표소에 줄을 설 때 당신은 커다란 덩치로 여기저기 쑤시고 다닐 수도 있다. 사람들은 당신의 산만 한 체구에 겁을 집어먹고 입도 뻥끗 못 할 것이다. 과체중은 적어도 놀라운 효과를 지니고 있다.

보다시피 비만의 장점은 셀 수 없이 많다.

비만, 남들의 비난 어린 시선을 개의치 않는다면 비만이야말로 말 그대로 자기만의 삶을 살 수 있는 최선의 방식이다.

비만한 몸을 가지고 있으면 조용히 편안하게 지낼 수 있다. 사람들이 쉽사리 말을 걸지 않기 때문이다.

물론 공공장소에서 버터 바른 크루아상 먹는 일만 피한다면 더욱 좋다. 식당에서 튀김요리를 먹는 일 역시. 주위 사람들의 눈총이 점점 따가워지고, 그 눈총은 확실한 의미를 지니게 된다. "1톤이 넘는다 해도 놀랄 일이 아니겠어. 암퇘지 같은 년, 풀이나 처먹을 것이지, 미련한 여편네."

　하지만 당신들이 산만 한 덩치를 가졌다면, 당신들은 다른 사람들을 무시해야 한다. 그러지 않으면 삶을 상당히 불쾌하게 살아가야 할지도 모른다.

　내가 당신들에게 해주고 싶은 말은 그렇게 과도하게 체중이 느는 일이 전혀 약점이 되지 않는다는 것이다. 살이 찌는 것은 오히려 하나의 선택의 문제가 될 수 있다. 또한 하나의 전략이 되지 말라는 법도 없지 않은가? 아내의 술책이 숨기고 있는 궁극적인 목표는 여전히 알 수가 없다. 하지만 나는 지극히 당연하고 순수한 동기에서 비롯된 일들마저 의심할 정도로 최초의 순수함을 잃어버리고 말았다. 그래서 이제는 모든 게 간사하고 교활한 술책으로밖에 보이지 않는다. 비둘기가 날아가는 것조차, 골조가 삐걱거리며 내는 작은 소음조차 내게는 술책으로밖에 보이지 않았다. 모든 사물이 작당해서 모의를 하는 듯했다. 하물며 시간마저도 다른 생각을 감추고 있는 것 같았다.

아내는 왜 저렇게 살이 쪄버린 걸까? 그냥 무심코 쪄버린 걸까?

내 삶을 대신하고 있는 상상력은 내 망막에 온갖 혐오스러운 장면들을 비추고 있다. 상상력이 보여주는 에로틱한 장면들을 보고 있자니 내가 한없이 작아지는 느낌이다. 저 거구와 잠자리를 같이한다는 것은 정말 배보다 배꼽이 더 큰 경우가 아니겠는가? 아내가 커다란 케이크 같다는 생각이 든다. 포레누아르* 10인분에 달하는 커다란 케이크.

나를 노리는 형리는 기름에 튀기고 설탕을 잔뜩 버무린 과자 같다. 그리고 나는 단단해진 내 물건을 흐물흐물한 잼 속으로 밀어넣고, 양손은 말랑말랑한 반죽 속에 쑤셔넣고 있다.

그래선 안 되겠지만 그래도 그런 상상을 한다.

외로움 때문이다. 전에도 말했지만 이게 다 외로움 때문이다.

---

* 생크림과 얇은 초콜릿 가루를 입힌 스펀지 케이크.

51

외로움, 그건 성급한 판단이다.

평온하게 최후를 맞이할 방법은 없다.

어딜 가든 차라리 죽는 게 낫다는 생각이 들 정도로 화를 돋우고 짜증이 나게 하는 사람이 꼭 한 명은 있다.

그 여자가 돌아왔다. 여행가방을 가지고 말이다. 다시 들어앉은 것이다. 그래, 그렇다. 확실하다.

점쟁이들조차 고개를 설레설레 흔들 정도로 예측 불가능한 여자라고 하지 않았나.

그게 바로 몇 분 전의 일이다. 아마 정오쯤이었을 것이다. 휴가를 마치고 집으로 돌아와 벌이는 한바탕 대소동. 힘이 들어 거친 숨을 뱉어내는 심장 소리가 낡은 여행가방이 벽을 긁으며 내는 둔탁한 소음과 만나 만들어내는 화음. 사실 아무렇지도 않은 소란이지만 나 같은 자세로 지내는 사람에게는 귀를 쫑긋 세우게 만드는 소리였다. 조금만 더했으면 수직으로 서 있는 내 청각기관이 수평으로 누워 있는 내 자세를 무시하고 내 몸을 일으켜세울 정도였다. 자칫 잘못했으면 말이다.

그러니까 별일은 아니고 그저 바닥에 드러누워 오른쪽

귀에 신경을 집중한 채 밖에서 들려오는 소음에 우스꽝스러울 정도로 귀를 기울이고 있었다는 말이다. 그게 전부다. 한마디로 바보 같은 꼴이었다.

내 몸뚱어리는 이미 오래전에 나를 버렸고, 이제는 내 정신마저 밀어내려 하고 있다. 나를 여기까지 오게 하느라 진땀깨나 뺐을 것이다. 하지만 발가락 사건과 형리의 귀환, 그것은 지금까지의 고생보다 훨씬 고통스러운 경험일 것이다. 느껴진다. 아직까지는 잘 견디고 있지만 점점 희미해지며 미안하다고 말하는 내 두 눈 뒤로, 나는 느끼고 있다.

내 눈앞에 보이는 것들이 뿌옇고 시뻘건 액체가 되어 사라지고 있다. 그건 나에게서 빠져나가는 내 이성이다. 내 이성은 내 입을 통해 조금씩 아주 규칙적으로 새어나가고 있다.

내 턱 아래로 흘러내리는 끈적거리고 뜨거우면서도 달콤한 꿀 같은 액체, 그건 바로 내 피였다. 있는 힘껏 혀에 붙은 살점을 깨물었더니 혀가 너무 익어버린 과일처럼 퍽하고 터져버렸다. 나는 턱을 굳게 다물었다. 그러자 이제는 피가 목구멍으로 쓸려내려갔다. 쇠붙이처럼 시큼하고 독특한 맛이었다. 피는 흐르고, 나는 그 피를 삼켰다. 조금씩 조금씩, 내 신체의 일부를.

아무래도 내가 나 자신에게 나의 일부를 먹여주고 있다는 느낌이 든다.

나 같은 종자가 생겨나면서 자아식인(自我食人)이라는 새로운 행위가 탄생한 것인가? 이 지경까지 이르고 보니 굶주림에 지쳐 죽었지만 신체부위를 물어뜯은 흔적이 없는 사람들은 최후까지 생존투쟁을 벌이지 않은 사람이라는 생각이 들었다. 들이켤 피가 몇 리터에 먹어치울 고기가 몇십 킬로그램인데 말이다.

걱정스러운 것은, 그러니까 결과적으로 나는 그다지 배가 고프지 않았다는 것이다.

곤란한 것은, 그러니까 출혈이 멈출 기미를 보이지 않는다는 것이다.

그녀가 웃을 때면 그녀를 볼 수 있는 거리에 있는 모르는 사람들도 그녀를 쳐다보고 웃기 시작했다. 그리고 그 웃음이 조금이라도 길어지면, 자동적으로 따라 웃던 행인들은 결국에는 아내를 비롯해 주변에 있던 사람들과 함께 포복절도를 하며 그 어린아이의 웃음을, 여자의 웃음을, 모든 남자와 모든 여자의 웃음을 축하하기에 이르렀다. 예외는 없었다. 그뿐이 아니다. 장례식장에서 미친 듯이 웃어대다가 조문객 전체의 웃음보를 터뜨리기도 했다. 지금도 그렇게 생각하고 있지만 장례를 주관하던 신부님도 성경책을 들고 있던 손이 부들부들 떨릴 정도로 터져나오려는 웃음을 참고 있었던 게 분명하다.

그녀가 웃으면, 당신들은 나로 하여금 부지기수로 쏟아지는 모욕을 집어삼키게 할 수 있을 것이다. 왜냐하면 불가능해 보였던 일들이 순식간에 현실이 되어버릴 테니 말이다.

이해하고 싶다면 그 웃음소리에 귀를 기울여야 할 것이다.

나 역시 그 순간을 즐기기 위해서는 또다시 그 웃음소리에 귀를 기울여야 할 것이다. 그 소리를 들어본 지도 참 오래되었다. 정신 없이 웃어보라고, 여보. 방 건너편에서 그렇게 웃어주면 그 대답으로 내가 낄낄거리는 소리도 듣게 될 거야. 마치 이 모든 일이 일어나지 않았던 것처럼 말이야. 우리 부부가 삽을 꺼내들고 모래시계의 비어 있는 윗부분에 모래를 조금 더 퍼넣는 것처럼 말이야. 4년이라는 시간에 달하는 모래를 퍼넣으려면 많이 무거울까? 난 괜찮아. 밤낮으로 모래를 퍼넣는다 해도 그 모래가 시간이 될 수 있다면, 그 모래 아래에서 하얀 핫팬츠 차림으로 마치 꿈을 뒤쫓듯 도시의 거리를 달리고 있는 당신을 다시 볼 수 있다면, 그리고 당신의 뒤를 따라 달리는 나 자신을 볼 수 있다면, 내 꿈을 좇아 달리는 나 자신을 볼 수 있다면 더할 나위 없이 좋겠지. 그렇게만 된다면 난 기꺼이 모래를 퍼넣을 수 있어.

모든 걸 다 씻어버리고 싶어. 멸시와 증오로 얼룩진 몇 년의 시간을 깨끗이 닦아내고 싶어. 당신의 웃음소리를 다시 들을 수만 있다면 말이야.

당신이 내 부모님을 빼앗아갔다는 사실을 잊고, 당신의 목덜미를 껴안고 당신의 용서에 감사의 입맞춤을 하고 싶어.

그녀가 웃을 때면 온 지구가 하얀 이를 드러내고 행복에 겨워 웃음보를 터뜨린다. 내가 장담한다. 내 말을 믿지 못하겠다면 아내의 발바닥에 간지럼을 태워보라. 암소 같은 덩치의 어느 한 곳만 살짝 간질이면, 오히려 당신들이 포복절도하며 넘어갈 것이다. 보장한다.

그녀의 웃음은 진실된 웃음이었다. 그렇지 않고서야 어떻게 그렇게 쉽게 전염될 수 있겠는가? 무의식은 그리 쉽게 잠들지 않는다. 또한 인위적으로 만들어진 웃음소리는 마치 손이 잘린 사람이 연주하는 피아노 소나타처럼 어색하게 들릴 것이다.

소리를 듣지 못하는 청각 장애인도 억지로 만든 웃음은 쉽게 구분할 수 있다고 말할 것이다. 단지 입술이 움직이는 모양만 보고서도 말이다.

이제 알겠는가? 아내는 나를 사랑했다.

그녀가 웃을 때는 언제나 그랬다.

그런데 언제부터 웃지 않았던 걸까?

누군가 그 답을 알려준다면 마음의 평온이나마 찾을 수 있을 텐데……

52

나는 내 입에 재갈을 물렸다. 지저분한 침대시트를 길게 잘라 피가 흐르는 내 혓바닥에 둘둘 감고 나니 마치 절규를 하듯 주둥아리가 쩍 벌어져 있었다. 피로 물든 천조각이 목구멍 깊숙이 밀려들어왔다. 그 순간순간마다 질식할 정도로 숨이 막혔다. 죽지 않고 살아남는 비결은 정신을 집중하고 코로 숨을 쉬는 것이다.

물론 두려움은 금물이다.

방금 전에 알아낸 것이지만 두려움은 호흡을 방해하고 있으며 콧구멍 두 개로는 뇌를 진정시키는 데 전적으로 필요한 산소를 공급하기에 충분치 않았다.

방금 전, 아내의 발소리가 거실 복도를 울리더니 내 방문 앞에 와서 멈춰 섰다. 그러더니 아무런 소리도 들리지 않았다. 그게 무슨 뜻인지 당신들은 알겠는가?

물론 두려움은 기피의 대상이다.

지금 아내는 내 방문 앞에 서 있다. 하지만 도대체 무슨 짓거리를 하려는 속셈인지는 알 수가 없다. 나는 하얀 금속 문고리를 눈동자가 튀어나올 정도로 뚫어지게 노려보며 조만간 저 문고리가 스르르 돌아갈 거라 생각했다.

한 번이었나? 아니면 두 번이었나? 분명히 문고리 돌아가는 게 보인 것 같은데…… 결국 그런 일은 없었다. 얼마나 오랫동안 눈 한 번 안 깜빡였는지 망막에 나비들이 날아다녔다.

더이상 질문은 필요 없다. 그런데 만일 내가 입을 열었을 때 피거품 섞인 액체와 신음소리 외에 다른 소리를 끄집어낼 수 있었다면 과연 말이라도 건넸을까?

지난 4년이라는 시간 동안 더러운 매트리스 위에 누워

기억을 되짚어가며, 실종된 사람들에 대한 기억이 너무도 빨리 사라지는 이 세상을 향해 열린 유일한 창문인 네모난 하늘을 바라보며 곱씹고 곱씹은 질문에 대한 답을 달라고 애원했을까?

마룻바닥에 깔린 오리목나무 사이를 뒤지며 나는 찾아보았다.

순탄하지 않았던 내 지난 과거의 우여곡절을 돌이키며 뒤져보았다.

내 손금 속을.

바닥을 기어다니는 하찮은 벌레들의 내장 속을.

그러나 아무것도, 그 어떤 설명도, 그 어떤 답변도 찾을 수가 없었다.

이 세계가 나를 무지의 구렁텅이에 붙잡아두고 있는 것 같다.

당신들에게 고마울 따름이다.

그런 답변 따윈 잊어버리자. 그런 답변이 내 목숨을 살려주진 않을 테니 말이다. 아니, 그런 답변이 그 누구의 목숨을 건져준 적이라도 있단 말인가?

목구멍으로 넘어오는 피맛이 마치 감퇴된 식욕을 돋우는 감미로운 향처럼 내 생존본능을 다시 일깨웠다. 거대한 식인귀는 거의 두 걸음 앞에 있었다. 내가 팔꿈치로 바닥을 짚고 걸어가면 다섯 걸음에서 여섯 걸음 정도 떨어진 거리였다. 강력사건이 순식간에 내 앞으로 다가와버린 셈이다.

기억들 하는지 모르겠지만, 나는 아내가 집을 비우기 얼마 전 부엌에서 그릇 하나를 깨뜨렸을 때 몰래 챙겨온 날카로운 유리조각들을 지금도 베개 밑에 숨겨두고 있다. 그 유리조각들은 당시만 해도 내 성공의 확실한 상징이었다. 복수의 양날검. 나는 아서 왕이 엑스칼리버를 꺼내들듯 내 자유를 쟁취하는 도구로 사용하기 위해 그 유리조각을 꺼내들 것이다.

문제는 내가 날카로운 물건을 지니고 있다는 것을 저 여자도 알고 있다는 점이다. 그러니까 저 여자의 반응은 눈속임일 수 있다. 적의 손에 치명적인 무기를 들려주는 행위는 속임수가 분명하다.

그녀의 병든 정신에 허점이 생겼다고 믿고 불안정한 상태에 기대어보는 수밖에. 잊어주었으면. 제발 그것만은. 하늘에서 행운이라도 떨어지길 바랄 뿐이다, 젠장. 그렇다고 바하마 제도로 도망갈 억대의 자금을 내놓으라는 건 아니다. 그저 정정당당한 싸움을 원할 뿐이다.

나는 유리조각들을 손바닥 위에 올려놓고 가장 크고 가장 예리하고 가장 날카로운 파편 하나를 골랐다. 그리고 그 파편 아랫부분을 천조각으로 둘둘 만 다음 내 자유를 위한다는 신념으로 주먹으로 꼭 감아쥐었다. 문은 코앞에 있다. 앞으로의 내 운명을 향해 열리기만을 기다리면서. 최후의 대면을 향해 열리기만을 기다리면서. 나는 다른 손으로 내 목구멍을 막고 있는 더럽고 피 묻은 시트를 빼냈다. 최후의 대면을 위해서라도 폐로 있는 힘껏 호흡할 필요가 있을 것 같았다.

사태가 내 뜻대로 흘러가지 않을 경우를 대비해 당신들에게 한마디 하겠다.

당신들 엿이나 먹어라! 당신들 모두 생겨먹은 만큼 엿이나 처먹어라!

휴가 갈 돈이 없다고 불평하는 당신들, 세일 상품 옷이 비대해진 엉덩이에 꽉 낀다고 불평하는 당신들, 사는 게 거지 같다고 불평하는 당신들, 당신들은 엿이나 먹어라!

사는 게 거지 같다고? 웃기는 소리 하지 마라.

이 시궁창 같은 곳에서도 나는 인생이 여전히 아름답다고 느낀다.

여전히 아름답다. 인생이 말이다. 비록 나는 사랑하는

아내를 죽일 준비를 하고 있지만.

피터 팬이 말한다. 이 모든 게 그저 체스 한 판 두는 것과 다를 바 없다고. 승자와 패자만 있을 뿐. 하지만 게임을 하면서 사람들은 모두 뭐라도 하나씩 잃게 된다. 졸이나 비숍을 비롯해 상대 진영에 넘겨버린 크고 작은 말들까지. 산다는 것은 결국 행복하게 게임을 즐기는 것이다. 비록 승률은 희박해도 말이다.

피터 팬은 그 밖에도 주저리주저리 쓸데없는 말을 많이 했다. 하지만 미안하게도 피터 팬의 말이 다 틀린 것만은 아니다.

53

내가 땅바닥으로 곤두박질친 그날은 눈이 내려 마치 면사포처럼 온 동네를 감싸안은 날이었다. 정말 아름다웠다. 혹시 눈이 내리지 않았다면 발이 부르틀 정도로 매서운 바람이 불던 날이었다. 눈도 내리지 않고 바람도 불지 않았을 수도 있다. 하지만 그게 무슨 대수겠는가. 블라디미르는 사무실에서 뜨거운 커피잔에 가냘픈 손을 녹이며 나를 기다리고 있었다. 커피잔이 아니면 핫초콜릿이 담긴 머그컵이었는지도 모른다. 아니, 아무것도 안 들고 있었는지도. 그게 무슨 대수라고.

중요한 것은 바로 그날 아침 내가 바닥으로 떨어졌고 지금까지 일어서지 못하고 있다는 것이다.

중요한 것은 내가 내면의 대학살을 경험하게 될 거라는 것이다.

단 한 번에 수많은 자잘한 사망사건이 발생했다. 수백여 개의 확신이 순간적으로 사망한 사건, 순식간에 무자비하게 학살당하고 영원히 사라져버린 사건, 상상불가라는 제단에 올려져 무참히 희생된 사건.

우리가 확인해야 했던 지붕은 어느 체육관의 지붕이었다. 체육관 안에서는 여자 고등부 농구 대항전 결승 경기가 벌어지고 있었지만 관객은 그리 많지 않았다. 스무 명이 좀 넘는 관객이 열의 없는 박수를 보내고 있었고, 그마저도 박수가 필요한 장면에선 침묵을 지켰다. 반면 선수들은 수준이 높았다. 늘씬하게 뻗은 하얀 다리에는 마룻바닥에서 넘어졌거나 자정에 공원의 모래밭에서 먹살잡이를 하다 생긴 무릎의 상처가 두드러져 보였다. 모두 예쁘기도 했지만 경기에 임하는 자세는 전투적이었다.

우리가 경기장에 들어서자 경기를 하던 여고생들이 모두 우리 쪽으로 고개를 돌렸다—엄밀히 말하자면 블라디미르에게 시선이 쏠렸다. 농구 선수들은 팔을 쭉 뻗은 채로 그 자리에 멈춰 섰다. 그 순간 나는 사람 크기로 만들어진 미니 축구게임의 플라스틱 유닛을 보고 있는 듯한 착각이 들었다. 그것도 얼간이 같은 친구가 조작하게 될 그런 게임 말이다.

얼간이 블라디미르는 허연 다리를 드러낸 키다리 여고생들이 도내체 무얼 그렇게 훔쳐보는지 알아보려고 고개를 돌렸다.

멀대 같은 그 친구는 당연히 아무것도 볼 수 없었다. 하지만 여고부 농구 대항전의 결승 경기를 중단시킬 정도로 굉장한 사건을 자기도 이해하는 척 행세했다.

정확히 이런 이유 때문에 내가 그 친구에게 목숨까지 바치겠다는 것이다.

우리는 경기가 중단된 이유에 대해 아무런 말도 하지 않고 계속해서 지붕으로 향했다. 그리고 그 순간 우리는 굳이 대충 얼버무리고 뭉뚱그려 설명하는 것으로 만족하자면 소위 행복이라고 부를 만한 삶의 형태의 마지막 순간을 향해 다가가고 있었던 것이다. 블라디미르의 순진함, 그 친구의 순진함을 감지하고 있던 내 의식, 그리고 그 친구야말로 순수의 결정체가 인간으로 환생한 것이라는 확고한 믿음, 이 모든 것이 내게 무언가를 떠오르게 했다.

떠오르는 무언가는 바로 내 아내였다.

건물 지붕에 올라서면 당신들이 쉽게 상상할 수 없는 그런 상황이 벌어진다.

블라디미르는 필요한 장비를 자신이 생각하기에 적절하다 싶은 거리에 내려놓았다—그로서는 자명한 사실이다.

그러니까 지붕 가장자리에서 아주 먼 곳에.

나는 수평기에 의지해서 기단(基壇)을 둥글게 둘러싸고 있는 난간의 수평도를 측정하기 시작했다. 기단에는 나이든 경비원이 앉아 있었다. 그 노인은 단어 하나를 내뱉을 때마다 누렇게 뜨고 들쭉날쭉한 틀니가 빠져나갈까봐 얼른 입을 닫으며 내게 이렇게 말했다. "여기는 말이여, 양아치 같은 것들이 올라와서 뭘 보는지는 모르겠지만, 아무튼 자리를 잡고 앉아 마리화나나 피우는 곳이여." 측정치는 법적 기준에 부합했다. 하지만 높이는 법적 기준치를 4센티미터 초과한 상태였다. 웃기는 일이다. 이런 한심한 짓거리가 또 어디에 있을까? 4센티미터 더 올라갔다고 자살하려는 사람들을 살려낼 수 있겠는가? 쉽게 상상이 안

206

가겠지만 현실은 영화와는 판이하다. 지붕에서 뛰어내리는 사람들은 자살하는 사람들뿐이다. 그 일을 10년 동안 하면서 나는 단 한 번도 강력사건을 경험한 적이 없다. 좌절하고 절망한 가련한 인간들 중에서도 이제껏 경험해보지 못한 최후의 느낌을 맛보고자 하는 호기심 많은 인간들만이 땅바닥에 처박혀 죽는 것이다.

뛰어내리려고 마음을 먹었으면 뛰어내린다.

홀로 남아 피를 철철 흘리고 겨우 이 일기를 적어내려갈 힘밖에 없는 상황에서 안전이라고 이름 붙여진 모든 위선적인 것들은 빌어먹을 정도로 덧없어 보이기만 한다.

나는 현기증으로 고생하면서, 푸른 하늘, 잿빛 하늘, 하얀 하늘을 뚫어지게 바라보면서 분노와 두려움으로 자신을 고함치게 만들 무언가를 찾고 있는 블라디미르를 자극할 작정으로 코니스로 올라섰다. 그 친구가 성을 낼 때마다 나는 기분이 좋아졌다. 블라디미르의 분노는 마치 폭탄 테러처럼 폭발했다. 예고도 없이. 순수하고 알 수 없는 폭탄처럼.

나는 중심을 잡고 난간 위를 걸었다. 측정하지는 않았지만 난간의 폭은 기준치에 모자랄 정도로 협소해 보였다. 그리고 시멘트 표면 위를 미끄러지듯 지나가는 내 두 발을 바라보았다. 시멘트의 재질 역시 기준미달이었다는 것도 자신 있게 말할 수 있다. 거의 아이스링크 수준이었다. 그 이상도 그 이하도 아니었다. 어린아이들이 이곳까지 올라 와서 행여나 바보 같은 짓을 하도록 내버려두는 것은 위험 천만한 일이었다. 사고라는 것이 그리 쉽게 일어나는 것은 아니지만, 어느 날 갑자기 그 위에서 추락사고가 발생한다 면 한 가정을 송두리째 파괴할 수 있을 뿐만 아니라 자리 를 지키던 경비원과 그 양반의 틀니, 그 양반이 가지고 있 던 외국인 혐오증을 비롯해 무능한 일부 공무원까지 법정 에 세울 수 있다. 가족들을 생각하면 실로 가슴이 무너지 는 일이지만 법정에 설 공무원들에게는 그다지 연민이 가 지 않는다.

나는 좌우로 팔을 벌린 채 한 발 한 발 앞으로 전진했다. 마치 술 취한 곡예사처럼 간신히 중심을 잡고 어떻게 하면 저 러시아 친구를 조금이라도 더 괴롭힐까 머리를 쥐어짜 며 전진했다. 블라디미르는 벌써부터 저항의 몸부림을 쳐 댔다. 겁을 집어먹고 나한테 질러대는 그 비명이 듣기 좋 았다. 아마 자기 자신에게도 그렇게 겁을 집어먹은 적은 없었을 것이다.

나는 한쪽 눈으로 짬짬이 내 두 발을 곁눈질하며 앞으로 걸어나갔다. 위험천만한 짓을 하고는 있었지만 그렇다고 완전히 정신이 나간 것은 아니었다. 나도 목숨은 부지하고 싶었다. 내 두 발에는 작업환경에 필요한 기준에 맞춰 고안된, 징이 달린 신발이 신겨져 있었다. 즉 잘 미끄러지지 않는 신발이었다. 하지만 그 신발은 발을 내디딜 때마다 알게 모르게 별의별 잡동사니며 쓰레기들이 들러붙는 그런 신발이었다. 발을 땅에 디딜 때 절대로 미끄러지지 않도록 단단히 붙들어매는 역할을 하는 산악 등반용 아이젠 같은 종류였다. 나는 마치 광대처럼 앞으로 걸어가면서 정신적 고문을 극대화할 수 있는 묘안을 찾아보았다. 바로 그 순간, 왼쪽 신발 밑창에 하얀 종이 조각 하나가 붙어 있는 것을 발견했다. 나는 종이를 줍기 위해 허리를 숙였다. 왜냐하면 종이가 구겨지지도 않았고 상태가 너무 온전했기 때문이다. 장담하는데 그 외에 다른 이유는 전혀 없었다. 무의식과 반사적인 행동의 결과를 두고 운명의 장난이니 나발이니 하는 쓸데없는 소리는 하지 마라. 이제는 누구를 비난하든 소용없는 일이다. 상황이 그러했으니 말이다.

상황이 그러했고, 그 하찮은 종이쪼가리는 지금의 나를 요 모양 요 꼴로 만들어놓았다.

나는 신발 밑창에 붙은 종잇조각을 떼어냈다. 종이는 끝부분이 찢어진 상태였고 초등학생용 공책 8호 크기였다. 바둑판 같은 모눈종이는 반으로 접혀 있었다. 나는 종이를 펼치고 "⋯⋯ 초밥 하나를 더 먹으면 아마 나는 지난 몇 년간 먹어온 ⋯⋯를 뱉어내게⋯⋯"라는 문장을 읽어내려갔다. 그 문장은 단순히 첫째 줄에 해당하는 문장이었다. 그리고 그 상태로 끝이 났다. 둘째 문장 역시 첫 문장처럼 부분적이긴 했지만 시작도 끝도 없었다. "⋯⋯ 아직까지도 사랑을 나누고 거짓말을 하는 일이 나를 짜증나게⋯⋯" 셋째 문장은 아예 읽을 수도 없었다. 그나마 유추라도 해볼 수 있는 유일한 글자는 잘려나가고 윗부분만 남아 있었다.

　당신들도 짐작하겠지만, 그 글자들은 내 마누라가 쓴 것이었다.

　나를 바닥으로 떨어뜨린 것은 그 문장의 의미도 아니고, 그 문장에 사용된 단어들도 아니었다. 아내는 종종 아주 멋들어진 관용어들을 습관처럼 사용하곤 했는데, 나는 그럴 때마다 재미 삼아 비슷한 문장들을 만들어내기도 했다.

　얼마나 웃겼는지 모를 것이다. 내가 그 종이에 쓰인 단어들에서 사랑하는 여인의 손길을 알아보았다면 나는 그냥 종이를 둥글게 말거나 구긴 뒤 아무 곳이나 허공을 향해 던져버렸을 것이다. 그런 증거들을 아무 생각 없이 내던질 수 있다는 것을 행복해하며 말이다. 그랬다면 나는 지금 두 발로 서 있겠지? 우습지 않은가?

하지만 그날은 증거라는 것이 오히려 나를 허공으로 내던지고 말았다.

마누라의 분신이 변두리 체육관의 지붕 위에 올라와 있던 내 양손 사이로 불시에 나타났던 것이다.

원본으로 보이는 분신이.

코니스에 서 있던 나는 별다른 감정의 변화를 느낄 수 없었고, 내 오른쪽에 자리잡고 있던 허공은 내가 하고자 했던 말을 포함하고 있었다. 내 앞에 드리워졌던 그 무(無)에 대해 자세하고 충실하게 묘사해보라고 부탁한다면 거절하겠다. 그게 가능하다는 확신이라도 있다면 나는 당신들에게 거짓말을 하는 셈일 테니 말이다.

좋다. 십분 양보해 딱 한 문장으로 표현해보겠다. 두 눈을 감고 끝도 없는 시커먼 블랙홀로 떨어지고 있다고 상상해보라.

그런데 그 느낌과는 전혀 다르다.

그럼 이제 최악의 악몽, 가장 끔찍했던 두려움, 어릴 적

느꼈던 막연한 공포심을 떠올려보라.

그래봐야 5월의 어느 날, 11월의 어느 날, 눈이 오던 어느 날, 바람이 불던 어느 날 코니스에 올라선 한 남자의 옷 속을 파고드는 그 묘한 두려움에는 비할 바가 아니다.

블라디미르는 화를 버럭 내며 발을 동동 굴렀다. 나 역시 그 친구만큼이나 얼굴빛이 창백해진 채 움직이지 않고 아무 말 없이 가만히 서 있었다. 어느 정도는 위험스럽게 흔들거렸을 것이다. 블라디미르가 어린애처럼 울고불고 난리를 치기 시작했으니 말이다.

내가 넘어진 것은 바로 그때였다.

그러니까 바닥으로 떨어졌다는 것이다.

바닥이란 체육관 쪽의 바닥을 말한다.

그렇지 않았다면 건물의 높이로 보았을 때 나는 이미 죽은 목숨이다. 하긴 그랬으면 더 좋았을지도 모르지만, 어쨌든 내가 낙하지점을 손수 고른 것은 아니다.

공허한 허공이 내 심장을 향해 날린 회심의 어퍼컷이 순간적으로 현기증을 일으켰던 것이다. 내 오른쪽에서 나를 덮친 것은 진실도, 측정 가능한 것도, 그렇다고 구체적인 그 무엇도 아니었다. 오히려 그 반대의 것이었다. 그러니까 우리가 혼자만 알고 있다고 생각하는 그런 것, 당신들의 머릿속에 여러 갈래의 주름을 만들어놓고서는 또다시 자리를 잡아 들어가는 그 거지 같은 것…… 아무것도 아닌 것.

감정을 훔치는 노상강도.

혼란스러운 마음을 노리는 소매치기.

바로 그 순간부터 수평으로 누워 지내는 길만이 내 몸이 유일하게 견딜 수 있는 자세가 되어버린 것이다.

현기증이 일었다.

심각한 현기증, 아주 심각한 현기증이 일었다.

블라디미르의 현기증은 모성본능에서 우러나오는 걱정스런 눈빛을 만나면 순식간에 녹아내렸기 때문에 인근 100킬로미터에 달하는 공허함도 그 친구가 아스팔트 위에 처박힌 내 몸뚱어리 옆에서 눈물을 흘리고 비난을 퍼붓는 걸 막지는 못했을 것이다. 내 두 눈에 그득했을 침묵과 끝없는 공허함은 힘 빠진 내 손가락에 끝까지 쥐여 있던 종이쪼가리 쪽으로 그의 손을 이끌었다. 자신의 목숨을 구해주지 못한 무기나 결국은 결혼할 수 없었던 약혼자의 사진을 죽은 다음에도 끝까지 놓지 않는 전쟁터의 전사자들처럼 종이쪼가리를 꼭 쥐고 있었던 내 손가락. 혹은 마지막 편지를, 자기가 사랑했던 한 여인의 편지를 꼭 쥐고 있었을 그들. 전쟁이 원했기 때문에 그리고 지켜야 할 미래가 없었다면 그렇게 목숨까지 바칠 일도 없었기 때문에……

전쟁을 떠올리라는 것이지 약혼자를 떠올리라는 말은 아니다.

블라디미르는 즉시 내 마음을 이해했다. 당신들이 생각하는 것처럼.

기분이 이상했다. 왜냐하면 나를 거의 사형단계에 이르도록 일을 벌인 장본인은 블라디미르였고, 작은 증오 덩어리를 허공으로 던져버리기 위해 좁고 미끄러운 공포 더미로 기어올라간 장본인 역시 공포증 환자 블라디미르였기 때문이다.

만약 아내가 그 자리에 있었다면 내가 근무하는 동안 발생한 강력사건의 수가 한 건 더 추가되었을 것이다.

지상에서 1미터 높이의 들것에 실린 채 수송되기 전에 내게 마취제를 투약하지 않는다면 다섯, 여섯, 아니 열두 명에 달하는 형제들을 풀어버리겠다고 응급 의료진을 협박한 것도 바로 블라디미르였다.

그 친구는 그렇게 자리를 지켰고, 내가 정신을 차렸을 때에도 내 곁에 있었다. 내 왼쪽에. 오른쪽에는 아내가 서 있었다.

오른쪽에는 공허함이 느껴졌다.

내가 기거하고 있는 이곳에 들어온 지도 벌써 4년이 지났다. 먼지 날리는 매트리스같이 쓸모없는 물건들을 처박아두던 서재 겸 창고에. 내가 부부용 침대에 오르게 된다면 문제가 생길 거라고 내기를 했던 사람들의 생각이 영 틀리지는 않았다.

바로 블라디미르.

내 얼굴을 향해 고개를 숙이고 있던 아내의 얼굴은 아름다웠다. 걱정스러운 척 연기를 하고 부들부들 떨며 불안함을 완벽히 표현하는 그 연기력에도 불구하고 아내는 아름다웠다. 그녀의 두 입술이 떨리고 있었다.

세상에! 그녀의 입술이 떨리고 있었다!

블라디미르는 수치심을 못 이기고 밖으로 뛰쳐나가기 전 누가 시체를 악용하고 있는지 눈짓을 통해 알려주었다. 무언가를 알고 있다는 친구의 눈빛.

블라디미르를 본 것은 그때가 마지막이었다.

아내와 단둘이 남게 된 지금, 나는 무인도에서 생활하던 빌어먹을 로빈슨 크루소보다 더 외롭다는 느낌만 들 뿐이다. 그래도 말은 해야 하지 않겠는가. 내 얼굴에 대고 사악한 사랑의 단어들을 불어대는 그 나락을 향해 몇 마디는

해야 하지 않겠느냔 말이다.

적어도 아내가 알 수 있도록. 그 빌어먹을 년이.

"당신이 알아줬으면 해. 적어도 말이야, 이 빌어먹을 년아."

아내가 당장 내 눈앞에서 사라졌으면 했다. 나를 사랑하지도 않으니 말이다.

"당장 여기서 나가줘. 난 당신한테 역겨운 존재일 뿐이야."

"당신 무슨 말을 하는 거야, 내 사랑!"

"나, 다 알고 있다고 말하는 중이야. 초밥이며 말타기며 그 사기행각들을…… 내 말은, 당신은 정말 이 세상에 다시는 태어날 수 없을 정도로 앙큼하고 발칙한 년이라는 거야."

"고마워."

"천만에."

아내는 자리에서 일어나 비밀스러운 정체가 탄로가 난 사람들만이 지을 수 있는 표정을 지어 보이며 자랑스러운 듯 한숨을 내쉰 뒤 말을 이었다.

"대단해. 정말 빈틈없는 남편이야."

그래, 대단하긴 하지. 하지만 바닥 신세인걸.

216

자, 바로 여기까지가 정확한 사건의 전말이다. 맹세코.

물론 전적으로 내 관점에서 본.

54

지금 이 순간, 나는 각기 다른 세 부위를 통해 피를 쏟아내고 있다. 먼저 어깨에 생긴 빌어먹을 베인 상처 자국이 진홍색 피로 물들었다. 다음은 우측 옆구리에 입은 찰과상인데, 그다지 깊지는 않지만 역시 엉덩이에서부터 겨드랑이 쪽으로 핏자국을 그리고 있다.

마지막으로 내 혀에서는 피는 기본이고 누런 데다가 척수와 허연 크림 덩어리를 섞어놓은 듯한 들척지근한 고름까지 줄줄 흘러나왔다.

이 모든 액체가 바닥에 퍼지면서 정말 엄청난 난장판을 만들어냈다.

흠씬 두들겨맞고 녹다운이 된 상태라고 할 수 있을 정도다.

문 앞에서는 성가신 존재가 내가 밖으로 기어나올지 지켜보고 있다. 여전히 알 수 없는 단 하나의 이유 때문에 분노를 표출하는 150킬로그램의 거구, 싸구려 튀김 냄새를 풍기며 분노와 원한을 쏟아내는 1톤 반의 덩치. 붉고 기름기가 잘잘 흐르는 면조각 속에 감춰져 있는 수만 칼로리의 살덩어리.

거대 패스트푸드 체인점은 아무래도 마스코트를 바꾸는 방안을 고려해보는 게 좋을 것 같다.

유리조각을 잡고 주먹을 불끈 쥔 나는 완벽한 자신감에 차 있었다. 그리고 아무런 거리낌 없이 문을 열었다. 똑같은 장소에서 똑같은 사람에게 끊임없이 느껴온 공포가 이제는 자기를 떨쳐버리라는 신호를 보내고 있는 것 같았다. 그 같은 모스부호의 자극을 받으며 할 수 있는 일이라고는 산만 한 덩치를 향해 달려드는 것밖에 없었다. 그리고 바로 그 즉시 나는 덩치의 넓적다리를 휘어감았다.

하지만 그 다음 장면은 썩 영웅적이지 못했다. 왜냐하면 즉시 들고 있던 무기를 빼앗겨 되레 위협을 당하는 꼴이 되었기 때문이다.

단언하건대 정말 더럽게 재수 없는 순간이다.

나는 사랑이라는 총에 맞아 죽든지 말든지 될 대로 되라는 식으로 몸을 내던졌다. 그냥 그렇게 받아들이기로 했다. 이제는 거짓말하느라 피곤해할 필요도 없으니 말이다.

아주 솔직히 말하면, 순간적으로 후회가 밀려왔다. 너무나 아팠기 때문이다.

그렇다, 정말 끔찍한 고통이었다.

자칫하면 의식을 잃었을지도 모른다.

아내의 반격에 바짝 약이 오른 나는 다시 내 구역으로 돌아가 면전에서 문을 쾅 하고 닫아버렸다. 문을 닫은 방식이 내 판단으로는 불친절하기 짝이 없었지만 그 여자는 그런 대접을 받아도 싸다. 피터 팬은 그런 나를 질책했다. 여성들에게 그런 행동을 하는 것은 체스 플레이어로서 온당치 않다는 게 그 친구의 주장이었다.

머저리 같은 자식.

그래서 난 목을 비틀어버렸다. 피터의 목을. 왜냐하면 그 친구가 쉴새없이 나불대던 개소리들이 어느 순간 침묵이 내려앉은 뒤부디 갑자기 잭과 나의 신경을 마구 자극하기 시작했기 때문이다.

우릴 건드리지 말았어야지. 잭과 나를 말이야.

잘 알아들었을지 모르겠다.

하지만 반복하지 않을 것이다.

팔꿈치로 방문을 한 대 때리자 문이 요란을 떨며 아내를 향해 열렸다. 그녀는 맞은편 벽에 등을 기대고 선 채 이상할 정도로 침착하게 호두 알맹이를 긁어내느라 정신이 팔려 있었다. 거실 통로의 마룻바닥은 글자 그대로 호두껍데기로 완전히 뒤덮여 있었다. 걸신들린 그 설치동물의 양쪽에는 통조림 깡통, 포장된 브리오슈, 과자 상자 등이 마치 먹을 수 있는 성벽처럼 쌓여 있었다. 보통 수준의 식욕을 가진 사람이라면 몇 주가 넘도록 먹고 또 먹어도 남을 양이었다.

사악한 년, 언젠가는 내가 코를 들이밀 거라는 것을 알고 있었던 것이다. 그리고 그때를 기다리는 것이 문제라고 판단하고는 거실 통로에 아예 슈퍼마켓을 차려놓음으로써 그 문제를 간단히 해결해버린 것이다.

선택할 수만 있었다면 나는 예고도 없이 달려들어 아름답고 투실투실한 아내의 넓적다리를 공격하는 대신 기상천외한 야영지의 의미가 도대체 무엇인지 묻고 싶었다. 하지만 상처로 감염된 혓바닥은 죽어가는 사람처럼 끙끙대는 신음 외엔 아무 소리도 낼 수 없었다.

의사소통의 문제로 도대체 얼마나 많은 전쟁이 벌어졌던가!

지금도 지속되고 있는 수많은 전쟁은 양 진영이 평화라

는 단어의 존재를 까맣게 잊어버렸기 때문이다.

아내를 보자마자 목구멍 깊은 곳에서부터 평화라는 단어가 치고 올라왔다. 하지만 피와 고름으로 꽉 막힌 내 목구멍은 좀처럼 그 말을 입 밖으로 내보내려 하지 않았다. 팔꿈치 걸음으로 세어보면 나는 아내와 맞닿을 거리에 있었다. 나는 아내의 애원하는 듯한 눈빛에 결코 수그러들지 않으리라 다짐했지만, 나약한 여자들의 방어수단 앞에서는 우쭐해지기 마련이다. 의연하게 빠져나갈 방법이 없는 공격을 기다리면서, 어처구니 없는 실수로 혹은 사랑의 힘 때문에 그녀의 살 속을 파고들었다가 버려진 칼날을 뽑아내 기꺼이 내 살가죽을 찌르는 편이 나았다.

아내도 그리고 나도 고통이나 분노에 찬 비명은 뱉어내지 않았다. 우리 두 사람 사이의 난투극은 거친 숨소리와 천 찢어지는 소리 그리고 낡은 마루판이 삐걱거리는 소리 속에 끝나고 말았다.

격투 끝의 침묵은 살인을 부르는 테러가 자행된 뒤 따르는 1분간의 고요처럼 비극적인 현실에 버금가는 분위기를 풍기고 있었다.

흠씬 두들겨맞아 상처투성이가 된 몸이었지만, 나는 목수들이 쓰는 바이스처럼 엄청난 힘으로 내 몸을 조이던 아내의 거대한 팔에서 벗어날 수 있었다. 아내에게는 불행이었지만 튀김요리의 기름기로 뒤덮인 아내의 두 팔은 내가 빠져나오기에 충분할 정도로 미끄러웠다. 반지를 낀 손가락이 너무 부어서 최후의 수단으로 비누칠을 한 것이 효과를 본 것과 마찬가지였다.

한순간 아내의 두 눈이 내 눈과 마주쳤다. 하지만 그 찰나 같은 순간에도 2천 년간 서려온 남자를 향한 증오가 느껴졌다. 나를 향한 영원한 사랑이.

내 이야기를 믿을 수 없다…… 그 말인가?

시커멓고 커다란 자갈 같은 눈동자가 내 시야를 방해했고, 이러다가 실신할 수도 있겠다는 신호를 보내왔지만 내 결정은 바꿀 수 없었다고 단언하는 바이다.

그 어떤 고통도 내 분별력을 흐리지는 못했다.

아내는 나를 사랑한다. 그 눈은 거짓말을 하지 못한다.

아내는 나를 사랑한다. 비록 그 사람에게 총을 맞아 죽는다 해도 내 생각에는 변함이 없을 것이다.

한편 내가 아내의 살집에 내놓은 상처는 뼈를 건드릴 정도로 깊었다. 상처 부위에서 뿜어져나온 피가 문틈을 타고 흘러들었다. 우리 부부가 흘린 피는 마치 우리를 대신해 사랑이라도 나누듯 내 눈앞에서 서로 얼싸안으며 섞이기 시작했다. 나는 엉겨붙은 피웅덩이에 대고 사정을 하면서 문 반대편에 있는 당사자 역시 오르가슴을 느꼈기를 두 손도 모으지 않고 바랐다.

그리고 문 반대편에 있는 그 누군가가 여전히 살아 있기만을 바랐다.

잭은 시간이 벌써 사흘이나 지났다고 주장했다. 나는 입 밖으로 말을 뱉어내기가 너무 고통스러워 자음을 모조리 빼버린 말투를 동원하고 고개를 가로저으며 강하게 부인한 다음 사실은 겨우 한 시간이 지났을 뿐이라고 설명해주었다. 아니면 두 시간. 그 이상은 아니었다. 잭은 내 말을 이해하지 못했지만 그렇다고 그 친구를 나무랄 생각은 없다. 내 모습은 태초의 원시언어를 울부짖는 정체 모를 짐승에 가까웠기 때문이다. 그래서 나는 입을 닫았다.

내가 입은 상처는 상당히 고통스러웠다. 하지만 내 몸이 움직이고 있으며 악에 맞서 싸우고 있다는 기분을 느끼는 것은 그리 나쁘지 않았다. 반면 내 혀의 상태는 점점 악화일로로 치닫고 있었다. 고름 부위에 손가락을 대보았더니 내 몸이 아닌 다른 무언가가 살아서 움직이는 것 같았다.

물론 절대 놀라서는 안 된다.

정확히 이번 같은 경우에 가장 적절한 해법은 모든 문제를 부정하는 것이다.

　완전부정. 평상시에 너무도 유용하게 사용하던 부속체를 뽑아내는 일이 발생하지 않도록 말이다.

　내 사랑, 당신 넓적다리 어느 부위에 상처가 난 거야? 당신이 뒤척이는 소리조차 내지 않고 있으니 은근히 걱정이 되네. 한 유부녀의 남편으로서 걱정스러운 것은 당연하다. 무기를 깊숙이 밀어넣은 것이 나였다는 것은 나도 잘 알고 있으며, 의학적인 치료를 하지 않는다면 몸에 남아 있던 피와 생명이 천천히 빠져나오면서 정신이 육체를 완전히 이탈해버릴 거라는 사실도 잘 알고 있다.

　네모난 하늘 위로 낮이 점점 자취를 감추고 있다. 내가 덮고 있는 이불처럼 더럽고 어두운 안개를 마치 훔쳐가기라도 하듯 조금씩 자기 쪽으로 끌어당기고 있다.

　저 괴물 같은 인간을 살려야만 하는 것인가?

　이 어둠 속에서 글을 쓰기 시작한 지도 벌써 몇 달이나 되었다. 방에 달려 있던 전구는 예전에 타버렸다. 나는 내게 주어진 시간의 절반을 어둠 속에서 이야기를 써내리는 데 바쳤다. 내 방 한쪽에는 배설물로 넘쳐나는 양철통이 자리잡고 있다. 그 양철통이 뿜어낼 만한 악취, 나는 그 악취를 느끼지 못한다. 고통은 관심을 다른 곳으로 바꾸는 데 너무나 효과적인 방법이다.

내가 사랑하는 여인이 저렇게 피를 흘리며 죽어가도록 방치해야만 하는 것인가?

나는 배를 깔고 누워 있을 수밖에 없다. 왜냐하면 바로 누운 자세에서 천장과 나 사이의 공간이 느껴지면 비행기 추락사고에 버금가는 공포가 엄습하고 심리적 기능의 대부분이 순간적으로 타들어가는 것 같았기 때문이다.

당신들이라면 어떻게 할 것인가?

문을 열고 밖으로 나가볼 것인가?

55

나는 문을 열었다. 그러나 아내는 거기에 없었다. 부엌 쪽에서 부스럭거리는 소리와 헐떡이는 소리가 들려왔다.

생명의 신호.

더이상 왼팔을 향해 나를 위해 애써달라고 부탁할 수가 없는 지경에 이르렀다. 터진 가죽부대처럼 쏟아지던 피는 멈춘 상태였지만, 팔을 움직이면 겉보기에도 더이상 살처

럼 보이지 않는 생살이 드러난 상처가 자극을 받았기 때문
이다. 나는 겨우겨우 갖은 애를 다 쓰며 오른쪽으로만 기
어서 통로의 끝지점에 다다랐다.

뭐라고 해야 하나.

아내는 예전에 식기세척기와 냉장고가 놓여 있던 두 개
의 하얀 정사각형 타일바닥 사이에 해당하는 부엌의 한가
운데에 널브러져 있었다. 거의 빈사 상태였다. 바닥에 누
워 있는 모습 역시 여전히 거대해 보였다. 빙산에 부딪혀
나가떨어진 거대한 한 마리 고래 같았다. 뭐, 유치하기 짝
이 없는 비유이긴 해도 내가 묘사할 수 있는 유일한 비유
는 이것뿐이다.

아내가 신고 있는 테니스화는 낡고 너무 꽉 끼어서 여기
저기 구멍이 나 있었다. 가까이 다가갈수록 어느 쪽 다리
에선가 악취가 스며나왔다. 내가 입을 열자 똑같은 악취
가 주변을 채워버렸다. 집구석 어딘가에서 썩고 있는 발
가락은 바로 아내의 발가락이었다. 그리고 자연의 섭리는
그 빌어먹을 임무를 다하고 있었기에 이미 발목까지 썩어
들어가고 있었다. 아내의 한쪽 발이 완전히 못 쓰게 된 것
이다.

아내는 바닥에 누워 있었다. 솟아오른 배까지의 높이는

60센티미터가 넘었다. 그런 아내가 조금씩 정신을 차리기 시작했다.

내 몸뚱어리가 그 산더미 옆으로 다가가기까지는 채 1초도 걸리지 않았다.

내 얼굴이 아내의 얼굴에 포개진 것은 비록 어둠 속이었지만 그 상황을 묘사하는 데 필요한 만큼의 시간도 걸리지 않았다.

작고 하얀 두 손, 당신들은 그다지 좋아하지 않을 그 몸뚱어리에 달린 연약하고 아담한 두 손, 갑자기 아름답게 보이는 그 몸뚱어리. 그 기분을 아는가, 작은 수갑이 당신들의 까칠까칠한 피부를 스치고 지나가는 기분, 생명이 없는, 불과 1초 전만 해도 생명이 없었던, 경석(輕石)보다 훨씬 까끌까끌한, 그렇지, 훨씬 까끌까끌하다, 그런 기분을 아는가? 갑자기 모든 게 사라져버리고 모든 게 부드럽게 느껴지는 그 기분을? 그 영롱한 광채를? 마치 자신의 생존이 달려 있기라도 한 듯 당신의 몸에 딱 붙어 있는 작은 몸뚱어리에서 나온 작은 손에 달린 그 작은 손가락이 스치고 지나가기만 해도 환상적인 것 중에서도 가장 환상적으로 여겨지는 그 느낌을?

당신들은 아느냔 말이다.

그 두 손이 지금은 퉁퉁 부풀어 있고 피로 물들어 있을 뿐만 아니라 싸늘하고 역겨운 타일바닥 위에 아무렇게나 펼쳐져 있다.

어느 날,

불타는 자동차,

빨간불로 바뀌길 거부하는 신호등.

그토록 진한 사랑과 그토록 짙은 증오.

그토록……

길고 비단결처럼 부드러운 머릿결은 좀더 나은 세상을 약속이라도 하듯 베개 위에 펼쳐져 있었다. 사랑스런 얼굴을 감싸고 도는 길고 부드러운 머릿결, 당신들을 망각의 세계로 보낼 수 있다는 듯 예상치 못한 효과를 발산하는 그 머릿결, 당신들은 그걸 아는가.

그 머릿결이 지금은 짧게 잘려 있고 붉은 피로 물들어 있다.

어느 날,

당신을 쳐다보는 한 아이.

끔찍한 것들에 대한 망각, 그 머릿결들은 결국 당신들을 망각의 상태로 인도하게 된다. 찬란한 햇살을 받는 머릿결, 이불 위에서, 소파 위에서, 안락의자 위에서, 마르고 닳도록 써서 해져버린 의자 위에서 밝게 빛나던 그 머릿결.

아내와 나는 잠시 동안 서로를 관찰했다. 흘러가는 시간을 붙잡아보려는 듯이.

어떻게든 결정을 내리지 않으려는 듯이.

먼저 결심을 한 건 아내였다. 그녀가 내 손을 잡았다. 죽어버린 손, 기능을 상실한 손, 생명력을 상실한 내 몸을 따라 길게 늘어진 그 손. 아내는 자신의 손바닥으로 내 손을 꼭 감아쥐고 자신의 음부로 가져가 내려놓았다. 손아귀를 뿌리치고도 싶지만 그럴 수가 없을 것 같다.

내 팔은 더이상 내 소유가 아니다.

나는 더이상 나 자신에 속해 있지 않다.

이내의 손아귀에서 빗어날 수도 있겠시만 나는 그러고 싶지 않다.

얼마간 시간이 흐르자 아내가 말을 하기 시작했다. 내 입속이 어떻게 된 건지 보여달라고 했다. 그래서 입속을 보여주었다. 아내는 이런 때를 대비해 내가 침묵의 대화법을 고안해낸 것이라고 말했다. 내 침묵은 그 어느 연설문보다 명확한 의미를 전달하고 있다고. 맞는 말이다.

아내는 몇 마디를 더 덧붙였지만 거의 죽어가고 있는 터라 나는 가급적 모든 언급을 자제했다.

어쨌거나 나는 그 어떤 말도 할 수 없는 상태라고 당신들은 생각할 것이다.

하지만 나는 입을 닫고 있는 상태에서 그 어느 때보다도 달변의 면모를 뽐내고 있다. 이를테면 아파트 구입이나 사헬 지역 여행에 관한 이야기들.

도대체 어떤 끔찍하고 기막힌 사연이 있었기에 오늘 우리 두 부부는 이렇게 더러운 타일바닥 위에 두 다리로 서 있을 힘도 없이 널브러져 있어야 하는지 난 그게 알고 싶다. 아내도 분명히 그 사실을 알고 있을 것이다. 할 일이 너무 없어 외롭기까지 했던 감옥살이를 통해 나는 내 나름의 직권으로 아내에게 불행한 어린 시절을 부여해주었다. 청소년기에는 사악하기 짝이 없는 친인척이나 삼촌들에게 신체적 학대를 당했고, 근친간의 결혼이 일상다반사로 여겨지는 타락하고 난잡한 가족의 손아귀에서 그녀를 빼내줄 생각조차 하지 않았던 사회보장제도의 범죄방조 행위에 희생되었다고 상상의 나래를 펼쳤다. 아내는 그런 나를 두고 다수의 무리, 증오라는 것은 오로지 폭력성과 굴욕을 원인으로 달고 다닌다고 생각하는 다수의 무리 중 하나라고 말했다. 그 원인은 필히 그녀의 인생에 버젓이 자리를 잡고 있었다. 그것도 너무 자주. 정당화 없이는 지속될 수 없는 세상에나 적합한 그런 원인들. 사랑으로 가득 찬 화목한 가정을 기억하는 불량배들은 그다지 많지 않다. 그들의 기억은 오로지 규칙과 규율, 주먹으로 맞아가며 강제로 쑤셔넣은 교훈들, 신이 마치 포주라도 되는 듯 엄포를 놓으며 행하는 최후의 심판 같은 분위기의 질책으로 가득 차 있다.

포주 같은 신이라……

하지만 알코올 중독에 빠져 아내를 강간했던 삼촌도 없었을뿐더러, 부모님이나 형제들이 그녀에게 손을 댄 적도, 심지어 학교 선생님이 순진한 그녀를 이용해먹은 적도 없었다. 게다가 아내는 자신을 그다지 따르지도 않았던 다리 셋 달린 불도그가 요절했을 때 말고는 누굴 위해 애도라는 것을 해본 적도 전혀 없다고 한다.

아내가 이런 얘기를 늘어놓는 동안 나는 그녀의 상처와 그 상처 속에서 조용히 흘러나오는 그녀의 삶에 대해 생각해보았다. 내 두 눈은 그녀의 상처, 멍든 그녀의 살갗, 고통스러워하는 그녀의 육체를 바라보고 있었다. 하지만 굳이 죽음을 부르는 그 외침에 반하는 행동을 하고 싶지는 않았다.

아내는 그 누구에게도 특별히 실망을 했다거나 뒤통수를 얻어맞은 듯한 배신을 당한 기억이 없다고 말했다. 게다가 까마득한 오랜 옛날의 기억을 아무리 되짚어봐도 삶은, 대다수의 다른 사람들에게는 그럴 수도 있겠지만, 아무튼 그렇게 빌어먹을 만큼 형편없는 시간은 절대 아니었다. 동기를 찾기 위해 극적인 무언가를 찾는 게 능사는 아닌 것 같았다. 그저 나였기 때문에, 아내였기 때문에, 어느 날이었기 때문에, 어느 곳이었기 때문에 그리고 그 모든 게 한자리에 모였기 때문에 이런 끔찍한 대참사를 야기했던 것이다. 마치 독립적으로는 아무런 해도 발생시키지 않는 물질들이 하나로 조합되어 어느 나라 대사관이나 대형 금융기관의 본사 건물을 통째로 날려버리는 그런 끔찍한 사건처럼 말이다. 분석이란 약자들이나 사용하는 찜질용 습포와도 같은 것이다. 우리는 그런 것 따위는 필요치 않다. 지나간 과거를 뒤져 이성에서 벗어난 일탈적 행위들을 단순히 잘라낼 수 있다면 그보다 더 좋은 것은 없을 것이다. 불우한 어린 시절을 보냈다고 당신들에게 면죄부가 주어지겠는가? 수많은 사람들이 소녀였던 크리스틴의 몸뚱어리에 담뱃불을 비벼껐다면 그녀가 저지른 이 짓거리들을 용서해줄 수도 있단 말인가?

내 몰골이 정말 흉측하긴 한 것 같다. 아내가 내 혓바닥을 치료할 수 있냐고 물었다.

사실이 그렇다. 세상 만사가 간단한 수학 문제처럼 설명될 수는 없다고 인정하는 대신 무엇이 되었든 그것에 집착하고 매달리는 의기소침한 인간들은 정말이지 짜증난다.

그런 모든 인간을 향해 내 아내는 당신들을 상대도 하지 않을 거라고 말해줘야 할 것 같다. '약속한다.'

나는 고갯짓으로 그녀의 마지막 바람이 이루어지도록 하겠다는 뜻을 알렸다. 덜컥거리는 입에 붙어 있는 뒤틀린 허연 입술의 아귀에서 피가 흘러나오고 있었다. 그런데 어디서 튀어나왔는지 잭이 가지고 있던 마법의 강낭콩이 그녀의 머리 부위에 해당하는 둥근 구형의 끝부분들을 닦아주고 있었다.

"내가 저치들을 얼마나 경멸하는지 꼭 전해줘. 단 내 감정을 실어주기 위해서라면 당신만의 언어로 표현하는 것도 괜찮아."

사실을 말하자면 아내의 표현방식이 오히려 내게는 더 잘 어울린다. 우리 두 사람의 얼굴 사이를 가르는 그 짧은 거리를 돌고 도는, 가볍디가볍고 저속한 부스러기 같은 단어들은 바로 삭제되어버린 12년간의 우리 결혼생활이었다.

"당신 어머니한테는 내가 사과드려야 할 만큼 모욕적인 행동은 하지 않을 거라고 전해드려. 당신 아버지한테는 아무 말도 할 수 없을 거야. 불쌍한 양반, 작년에 돌아가셨으니까 말이야."

내 손, 내 손은 여전히 온기 어린 그녀의 음부 위에 올려져 있었다. 내 꿈, 내 삶이 그녀의 넓적다리 사이로 사라지고 숨어버렸다. 그 위에 올려진 내 손이 아주 서서히 흐느적거렸다. 강낭콩이 흐느껴우는 것 같았다. 아니면 내 귀가 나를 가지고 놀고 있거나. 아마 강낭콩이 나보다 이해가 빨랐을 것이다.

아버지는 하루하루 지날수록 내 어머니의 이성이 조금씩 빠져나가는 것을 보면서 깊은 슬픔에 잠기셨을 것이다. 게다가 내가 실종되고 난 뒤부터 이미 기력이 예전 같지 않으셨을 것이다. 아무튼 내가 수증기처럼 사라져버린 현실을 받아들이실 만큼 기력이 남아 있지는 않으셨다. 아내가 그 두 분께 한 말은 아마 두 분의 말년을 슬픔 속에서 헤어나오지 못하게 만들 정도로 큰 충격이었을 것이다. 아내는 내 부모님을 찾아가, 어느 날 아침 내가 이미 멀어져간 사람의 눈으로 자신을 바라보며 마치 정의를 집행하는 집행관처럼 아무런 감정도 실리지 않은 목소리로 '떠나겠다'고 말했다고 말씀드렸다 한다. 정말 그런 말을 하긴 했었다. 나는 내 가족이나 아내에게 조금도 사랑의 감정을 느끼지 않는다고 말했었다. 심지어 가족과 아내를 끔찍이 혐오할 뿐만 아니라 모두 죽어버렸으면 하고 종종 바란다고도 말했다. 하지만 내 손을 더럽히고 싶지는 않기 때문에 차라리 그들을 떠나 기억 속에서 지우는 방법을 택할 거라고도 말했다. 아예 완전히 떠나버리겠다고. 그래서 앞으로는 두 분이 나를 보고 싶어하지 않도록 만들겠다고…… 이런! 그럴 순 없어! 아내가 말했다. 아니, 알고 보니 내가 한 말이다. 아니다, 내가 그렇게 말했다고 아내가 말했다. 아내는 내 입에서 그에 버금가는 잔혹하고 끔찍한 이야기들을 모조리 끄집어냈고, 그 말들이 이느 깃 하나 의심할 여지 없는 사실이라는 점에 놀라면서도 내심 반가웠다고 했다. 두 분은 모든 게 구비된 부엌 테이블에 앉아 계시다가 쓰러지지 않으려고 테이블을 꽉 붙드셨고, 두 분의 눈에는 아내 자신도 그렇게 특별석에 앉아서 보게 될 줄은 몰랐을 정도로 공포가 가득했었다고 한다. 아내의 말에 따르면 어머니는 손톱에 바르신 매니큐어를 미친 듯이 긁어대셨다고 했다. 각피 부분을 너무 세게 긁어서 살이 드러나고, 흐르는 피가 작고 귀여운 자줏빛 방울로 변하면서 아니스 초록색 방수 식탁보 위에 떨어졌다고 기억하고 있었다.

언제 들어왔는지 잭이 마치 진정한 친구인 양 내 곁에 앉아서 혹시라도 내 눈에서 눈물이라도 흘러내리면 닦아줄 준비를 하고 있었다. 그럴 녀석이라는 건 나도 잘 알고 있다. 하지만 잭은 내가 눈물이 존재하지 않는 영역에 와 있다는 것을, 몸에서 흘러나오는 것은 남김없이 유익한 무(無)의 세계로 사라져버리는, 상상도 할 수 없는 일들로부터 우리를 제대로 보호해주기 위해 우리를 집어삼켜버리는 그런 공허의 세계에 와 있다는 것을 모르고 있다.

아내는 이 상태로 관계를 갖자고 요구하고 있다. 아니, 그게 아니다. 내가 잘못 이해했다. 그녀가 쏟아내는 단어들, 그녀의 입에서 속사포처럼 튀어나와 사방을 빙글빙글 맴도는 그 추잡한 언어는 내 귓구멍 속으로 무질서하게 날아들고 있었다. 아내는 내 입속을 다시 한번 보여달라고 했다. 정말 그렇게 말했다. 그러고는 입속에서 무언가가 이상하게 움직이고 있다고 지적하면서 그 이상한 움직임의 원인을 당장에 찾아내는 게 급선무라고 강조했다.

절대로 질질 끌어서는 안 되는 일들이 있다.

피터 팬…… 그 친구, 내가 심하게 목을 비틀었던 것 같은데. 아무튼 그 녀석도 부리나케 나타나더니 잭의 옆에 와 앉았다. 녀석, 방금 전에 나온 말들에 대해 동의하는지 힘차게 찬성 의사를 내비쳤다. 나는 피터 팬의 머리 위치가 대단히 부자연스럽다는 점을 알아차렸다. 그 친구의 몸은 우리를 정면으로 향하고 있었지만, 몸통의 가장 위에 올라와 있는 것은 밤색 머리털로 뒤덮인 머리통을 달고 있는 꺾인 목덜미였다. 내가 저 바보 같은 녀석의 목을 제대로 비틀긴 한 것 같았다.

아내는 나에게 움직이지 말고 손을 그 자리에 그대로 올려놓고 있으라고 말했다. 그러면서 그리 오래지 않아 자신은 더이상 이 자리에 없을 거라고 말했다. 아내의 눈에 비친 나는 항상 장애요소가 제거된 장애인 같았고, 그래서 버스에서 나를 만나면 자리를 양보해줄 것 같다고 했다. 그러니까 내 행색이 남들처럼 평범하게 살아가기엔 중요한 무언가가 모자란 사람 같은 인상을 풍겼다는 것이다. 내가 땅바닥에 떨어져서 다시는 일어나지 못하게 된 날의 일을 아내는 아주 세세한 부분까지 기억하고 있었다. 그날은 하늘에서 내린 눈이 마치 하얀 면사포처럼 온 마을을 뒤덮고 있었다. 정말 아름다운 광경이었다. 아니면 눈이

안 오고 대신에 동상에 걸릴 정도로 매서운 바람이 불었을
지도 모른다. 아니면 눈도 바람도 없던 날이었거나. 아무
튼 그게 무슨 상관이겠는가. 중요한 것은 그날 내가 땅바
닥에 떨어졌고 다시는 일어나지 못하게 되었다는 것이다.
중요한 것은 내게 모자랐던 바로 그 장애요소가 결국엔 나
를 찾아왔다는 것이다.

　바로 아내가 해준 얘기였다. 저 돼지 같은 여자가. 그것
도 자신이 흘린 피 위에서 나와 함께 뒹굴면서 말이다. 옆
에서 듣고 있던 피터 팬은 앞으로 두 번 다시 내 두 다리
로 일어설 수 없으니 나라는 사람은 이제 볼 장 다 본 사
람이라는 내용의 쓸데없는 개소리를 들으며 배를 잡고 웃
었다.

　언젠가 아내는 길을 가다가 맞은편에 사는 남자와 마주
쳤다고 한다. 그 사람은 아내에게 빌리라는 자신의 선인장
을 소개시켜주며 그 선인장이 매일 아침 자신과 함께 산책
을 한다고 했다. 선인장은 이미 오래전에 말라죽은 상태였
다. 누렇게 뜨고 시들어버린 모양새를 보니 의심의 여지가
없었다. 당연한 일이지만 아내는 그 사실을 알려 남자의
마음에 상처를 줄 수가 없었다. 대신 그 남자에게 익명의
편지를 보내는 방법을 택했고, 이틀 뒤 그치는 내가 이미

오래전에 한 차례 다녀간 지붕 위로 올라가 투신했다고 한다. 아내는 자책하지 않았다. 그 가련한 남자는 언제가 되었든 죽을 운명이었으니 말이다. 말라비틀어진 빌어먹을 선인장을 위해 죽느니 차라리 암에 대한 애정을 위해 죽는 편이 나았다. 아니다, 빌어먹을 암 때문에 죽느니 선인장에 대한 애정을 위해 죽는 편이 낫다.

아내는 내게 아직도 발기가 가능하냐고 물었다.

그 말이 나오자마자 잭은 양쪽 집게손가락으로 자신의 귀를 틀어막았다. 피터 팬은 누가 변태 아니랄까봐 벌써부터 한쪽 손을 팬티 속으로 집어넣었다. 한편 나는 아내의 부탁에 부응하고 아내를 만족시켜주기 위해 내가 할 수 있는 일을 했다. 나는 아직도 발기가 가능하다는 뜻을 그녀에게 전하기 위해 미친 듯이 눈을 깜빡였다. 혹시라도 난어 없이 표현하는 나만의 능력이 내 성기를 부풀리는 욕망 속에서 길을 잃고 헤매기라도 할까봐 나는 아내에게 수십 번의 윙크를 보냈다. 나는 만약 발기가 된다면 그건 아내를 생각했기 때문이라고 설명해주기 위해 나름대로 느낌을 담아 속눈썹을 사정없이 움직였다. 아내가 내게 자신의 젖가슴을 풀어헤치라고 명령했다. 옷 속에 숨어 있던 살갗이 모습을 드러냈다. 그 위에는 마치 새끼뱀 여러 마리가 지나다닌 것처럼 길고 움푹한 튼 자국이 선명하게 남아 있었다.

그녀의 젖가슴은 서로 뒤얽힌 두 마리 살무사 같았다.

56

아내의 젖가슴은 아메리카 대륙의 발견을 이야기해주고 있다. 그 젖가슴은 천문학의 시초와도 같다. 그 젖가슴을 맛보게 되면 모차르트가 25번 교향곡으로 무엇을 말하고자 했는지 이해할 수 있을 것이다.

중국의 만리장성을 손수 쌓은 것 같다는 느낌이 들 것이다.

만약 당신이 이 여자와 함께 침대에 누워본다면 의심이라는 것은 세상에 존재하지 않는 개념임을 알게 될 것이다.

당신의 육체가 크리스틴의 육체와 맞닿아 있다면 말이다.

크리스틴.

57

처음부터 아내는 고압적이면서 완강하게 아이를 낳지 않겠다고 엄포를 놓으며 나를 속였다. 아이들을 향한 내 증오심이 너무도 컸기에 아내는 즉시 내 입장에 동조하게 되었던 것이다. 마치 딸기에 알레르기가 있다고 말하는 것처럼, 현대미술은 영 취향에 맞지 않는다고 말하는 것처럼 아무렇지 않게 그 말을 내뱉는 내 모습에 아내는 경탄을 금치 못했다. 그녀는 내 역겨움을 마치 자기 자신의 것처럼 여겼다. 우리는 상대방이 높게 평가하는 가치나 견해에 너무 쉽게 동조했다. 그러던 어느 날 아침, 나는 아내에게 아이를 낳자고 말했고, 아내의 뱃속에서는 무언가가 꿈틀댔던 것이다. 아이를 낳겠다는 그녀의 바람이 속을 뒤틀리게 만들었던 것이다. 아내는 내 입에서 나온 그 말이 아무런 의미도 없다는 것을 알고 있었고, 남자라는 동물이 그렇게 쉽게 바뀌는 동물이 아니라는 것도 잘 알고 있었다. 그런데 아내는 그러자고 대답했다. 나는 그녀가 거짓말을 한다고 생각했다. 하지만 처음으로 그녀는 진지하게 대답했다. 아이를 갖자고.

첫날부터 아내는 누군가를 모방하기 시작했다. 각자 자

신이 추구하는 영웅을 닮아가고자 했던 것이다. 아내는 내가 되려고 했다. 그 결과, 우리는 죽이 잘 맞았다. 그건 사실이다. 우리는 서로 동일인이었으니까. 운좋게도 나는 그다지 문제를 떠안고 다니는 남자가 아니었다. 유일한 문젯거리라면 이미 내가 가지고 있던 것들이 전부였다. 나와 마찬가지로 아내 역시 문제를 떠안고 다니는 여자가 아니었다. 유일한 문젯거리라면 이미 내가 가지고 있던 것들이 전부였다. 내가 가지고 있던 문제들은 표절이 힘든 것들이었지만 아내는 용케도 잘 헤쳐나갔다. 위조라는 것은 원본의 구조를 정확히 알고 있어야만 가능하다. 아내는 내가 어떤 성향의 구조로 이루어져 있는지 잘 알고 있다고 생각해왔다. 아이를 낳자는 그 말을 하기 전까지는 말이다.

아내가 내게 앞이 제대로 보이냐고 물었다. 나는 그 질문의 의미를 제대로 파악할 수 없었다. 그러나 그녀는 갑자기 어두워졌다고 말했다. 그러고는 고개를 마구 흔들면서 아무것도 보이지 않는다고, 불을 다시 켜야 한다고 소리를 질렀다.

"누가 빌어먹을 불 좀 켜달라고!" 아내는 고함을 지르면서 반짝이는 검붉은 액체를 동시에 뱉어냈다.

불은 켜져 있었다. 네온 조명이 타일바닥으로 강렬하게

쏟아져내렸다.

아내는 눈이 멀어버린 것이다.

그 순간 나는 아내의 가슴을 부드럽게 어루만지며 피부에 움푹 팬 튼 자국을 약손가락으로 훑었다. 아내는 진정을 되찾았다. 나는 그녀의 눈이 되어줄 판이었다. 그녀는 혹시라도 죽음이 다가오는 게 보이거든 자기에게 신호를 보내라고 신신당부했다. 나는 손가락으로 그녀의 육체가 그려내는 윤곽선을 그녀의 몸뚱어리 위에 그려주었다. 아내는 우리 사이를 갈라놓을 그 빌어먹을 죽음이 어떻게 생겼는지 알고 싶어했다.

그녀가 기침을 하기 시작했다. 그리고 뒤이어 바위처럼 육중한 침묵이 내려앉았다. 그 침묵이 일시적으로 말을 할 수 없는 상황 때문에 비롯된 것이라 해도, 잭과 강낭콩, 피터와 나는 그 침묵이 아직까지 내가 얻어내지 못한 대답의 전조라고 느끼고 있었다.

내가 아내에게서 좋아했던 모습은 바로 나 자신이었다. 아내는 약간의 뉘앙스 차이가 있고 허벅지 사이에서 발견된 사소한 반대의견은 있었지만 나 자신을 투영한 모습 외에는 내가 사랑할 그 무엇도 내게 전해주지 못했다. 아내를 보면서 내가 높이 샀던 점은 나 자신이 지닌 고유의 미덕이 반사되어 비치는 모습뿐이었고, 나는 또 다른 나와 수년간 사랑을 나눠왔던 것이다. 완벽하게 짝을 이루었던 우리의 욕망은 단 한 번도 의심의 대상으로 삼지 않은 채 말이다. 아내는 내가 자기에게서 내 모습 외의 다른 어떤 것을 사랑했는지 알아야 했다.

늘어진 양쪽 볼살 아래에서 작은 웃음소리가 갑자기 입술 위로 타고 올라와 일순간 콧등에 주름살을 만들어놓았다. 그 웃음은 반쯤 감긴 아내의 눈 언저리에 가서는 사라질 판이었다. 그리고 이 모든 게 마지막이라는 쓸쓸하고 음울한 뒷맛을 남겼다.

58

오늘 아침, 나는 어머니를 모시고 네일 샵에 갔다. 앙상하게 야윈 어머니의 작은 두 손이 심하게 떨리는 바람에 테이블 위에 아예 고정을 시켜야 했다. 하지만 어머니는 결과에 만족해하셨다. 손톱에 분홍색 매니큐어를 칠했기 때문이다.

진분홍색.

'카페 드 파리'에서는 우리가 도착하고 나서야 우리가 왔다는 것을 알아보았다. 나는 두 팔로 어마어마한 크기의 해산물 요리를 나르고 있던 직원의 시선을 끌기 위해 한참 동안 애를 먹었다. 그는 우리에게 잠시 기다리라고 하더니 적잖이 화가 난 표정으로 돌아왔다. 한 손님이 서비스가 형편없다며 큰 소리로 불평을 하고 있었다. 순박한 인상의 대머리, 눈가에 깊게 팬 주름, 마치 여러 개의 테이블 중 한 곳에서 태양을 본 사람처럼 테이블 사이를 이리저리 돌아다니는 그 모습은 아주 오래전 그를 빼다박은 젊은 청년이 내 어머니와 사랑에 빠졌었다는 확신을 내게 가져다주었다. 나는 그 식당에서 가장 좋은 자리인 창가 쪽 자리를 달라고 했다. 예전에는 그 자리에 장미꽃을 꽂아두었었다. 매주 다른 색의 장미를.

"저 자리는 이미 예약이 되어 있습니다."

"그럼 다음주에 예약을 할 수 있을까요?"

"불가능합니다."

"왜죠?"

"어느 부인께서 매주 수요일마다 아드님과 함께 저 자리에서 점심을 드십니다. 부인, 그 꽃은 먹을 수 있는 게 아닙니다. 저 제라늄이 식용이 아니라는 걸 혹시 어머님께서 알고 계십니까?"

"혹시 아이의 냅킨 아래에 유리구슬을 숨겨두시나요?"

"아닙니다. 저희가 숨겨놓는 것은 미니카입니다. 자동차라면 사족을 못 쓰는 아이라서요."

어떻게 보면 그리 놀랄 일도 아니다. 삶이란 계속해서 반복되는 것이니 말이다. 끊임없이. 10년 후에는 한 여자가 이유도 모른 채 자신의 남편을 감금시킬 것이다. 남편은 자신이 바닥에 떨어졌던 것만큼 빨리 자리를 털고 일어날 것이고, 한 어머니는 치매기에 횡설수설하며 제라늄을 뜯어먹게 될 것이고, 순박한 꼬마는 테이블에 접혀 있는 냅킨 밑에 숨겨진 장난감 병정이나 소형 게임기를 통해 식당 종업원이 자기 엄마에게 길 잃은 사랑 고백을 하고 있다는 것을 깨닫게 될 것이다.

나는 양파와 적포도주로 양념을 한 부르기뇽 쇠고기 요리를 주문했다. 그 식당에서는 그 요리만 먹었었다. 나는 고기를 받아든 뒤 얼굴을 아주 가까이 파묻고 요리를 뒤적이며 조사하는 나 자신을 발견하고는 깜짝 놀랐다. 거기서 의심쩍은 무언가를 찾아내려 했던 것이다.

나는 이제 어머니를 모시고 내가 자란 곳이자 지난 45년 간 어머니가 아버지와 함께 지내셨던 그 아파트에서 지내고 있다. 어머니는 더이상 혼자 지내실 수가 없다. 의사들 말이 어머니는 아직도 과거 속에 살고 계시다고 한다. 게 다가 어머니는 나를 여전히 열 살짜리 꼬맹이로 여기고 계 신다. 어머니의 머릿속에서는 우리가 아직도 1980년도에 머물러 있고, 그렇기 때문에 말끝마다 아버지는 어디 가셨 냐고 묻는 거라고 의사들이 차분히 설명해주었다. 나는 집 에서 식사를 할 때면 접시를 최대한 많이 사용한다. 하얀 닭가슴살을 삼등분해서 각각의 접시에 담는다. 그리고 퓨 레를 담기 위해 네번째 접시를 또 꺼내 쓴다. 요구르트는 사발에 담아 숟가락 두 개로 먹는다. 그러고 나면 어머니 는 설거지를 하느라 몇 시간을 보내시게 된다. 그나마 어 머니께 기쁨을 드릴 만한 유일한 활동이 설거지였다. 가끔 은 자정을 전후로 잠자리에서 일어나 토마토 반쪽을 사기 접시에 올려놓고 벅벅 문지른 다음 그걸 오븐에 집어넣고 탈 때까지 기다리기도 한다. 그러면 다음날 어머니가 그을 린 자국을 닦아내시느라 적잖은 시간을 보내실 것이기 때 문이다.

59

아내는 아무런 말이 없었다. 시력을 상실한 그녀의 두 눈동자는 눈구멍 속에서 무기력하게 굴러다니고 있었다. 그 모습이 마치 마르고 닳도록 움직인 운명의 수레바퀴처럼 보였다. 하지만 그 속에는 아내가 틀림없이 그대로 남아 있다는 사실을 나는 잘 알고 있다.

크리스틴은 그 속에서 틀림없이 자기 자신과 작당모의를 하고 있을 것이다.

나는 강가에서 나무 사이를 걸어다니다가 물을 마시고 있는 암사슴을 발견하고는 모든 동작을 멈춘 행인처럼 행동했다. 조금만 움직여도 눈 앞의 기적 같은 볼거리가 사라지리라는 것을 잘 알고 있기 때문이다.

나는 암사슴이 도망가게 하고 싶지 않다. 사랑스럽고 귀여운 것, 나는 그 암사슴을 여전히 곁에 두고 싶다. 약시 환자처럼 원을 그리던 크리스틴의 눈동자는 그 움직임이 서서히 둔해지기 시작했다. 그녀는 유백색처럼 창백하게 질리고 시뻘건 피가 묻어 있는 입술을 벌리고는 뻣뻣하게 굳은 혓바닥을 쭉 내밀었다. 아내가 공포에 질린 내 앞에서 그렇게 행동한 이유는 혓바닥으로 입술에 묻은 피를 맛

있게 핥아먹기 위해서였다. 게다가 들어줄 수 없을 정도로 끔찍한 일련의 소리들을 나지막이 뱉어내며 나름의 기쁨을 표현하기도 했다.

내가 완전히 잘못 짚었다. 얼굴에 엉겨붙었다가 말라버린 피범벅 사이로 눈물이 강물처럼 타고 내리면서 그 작은 신음소리의 의미를 바꿔버렸다. 그건 기쁨의 탄성이 아니었다. 아니, 기쁨의 뜻을 담아본 적이 전혀 없었다. 그렇게 소리를 낸 것은 아내의 끝없는 고통이었다.

아내는 아파하고 있었다.

아내는 나를 볼 수 없었지만 그녀의 시선은 내 눈을 똑바로 바라보고 있었다.

2천 년간 간직해온 남자들을 향한 연민의 시선.

나를 향한 영원한 사랑.

그녀의 두 눈이 한순간 나에게 머물렀다. 한순간, 몸에 딱 들어맞는 하얀색 해변용 핫팬츠를 걸친 그 아담한 엉덩이를 내가 뒤쫓아 뛰기 시작한 그날의 짧고 짧은 단 한 순간.

그녀가 말했다. "나를 위해 당신이 뭔가 해줘야겠어."

60

아내는 말했다. "당신은 강해야만 해."

그리고 덧붙였다. "종부성사가 어떻게 진행되는지 알아?"

아내가 말했다. "강복(降福)이라는 거, 그게 어떤 기분인지 알아?"

그리고 덧붙였다. "죄사함을 받으려면 전지전능한 누군가를 꼭 믿어야 되는 거지? 그렇지?"

나는 손가락에 크리스틴의 피를 찍었다. 성부와 성자와 '성(聖)-기(器)'의 이름으로. 아내의 얼굴에 성호를 그어주자 네 개의 붉은 점이 찍혔다.

전지전능한 신, 포주.

아내가 말했다. "죽음이 당신 얼굴 같았으면 좋겠어."

그리고 덧붙였다. "그럼 당신이 내 몸에다 죽음의 그림자를 그릴 필요가 없잖아. 그저 당신 얼굴만 떠올리면 되니까."

제발 그렇게 해.

제발 그렇게 해.

어서 빨리 내 얼굴을 떠올려.

그러지 말라고 말할 수도 있었을 것이다. 하지만 내 혀가 그걸 허락하지 않았다.

말을 듣지 않는 내 팔, 그 팔 때문에 아내를 꼭 안아줄 수 없었다.

그녀의 말에 따르는 것, 그것이 내가 할 수 있는 전부이다.

그래서 나는 움직일 수 있는 한쪽 손을 들어 아내의 입에 가져다 댔다. 그리고 엄지와 검지로 아내의 콧구멍을 꽉 틀어막았다. 내 손바닥 아래로 미소가 피어올랐다.

크리스틴은 이제 더이상 작당모의를 하지 않는다.

그녀는 죽고 있다.

나는 공포에 떨고 있는 몸뚱어리 위에, 해부체(解剖體)가 되어가는 겁에 질린 육체 위에, 경련으로 요동치는 살덩어리 위에 올라탔다. 그리고 두 다리로 아내의 팔을 눌러 움직이지 못하게 만들었다. 나는 아무런 생각도 하지 않았다. 아내의 두 팔이 격렬하게 반응했지만 내 안에 만들어진 거대한 공허함 덕분에 모른 척할 수 있었다. 그녀가 내지른 공포의 신음소리, 그 소리는 나를 엄습해온 절대 무의 세계 덕분에 완전히 차단되었다.

크리스틴은 죽어가고 있다. 그리고 나는 고통 속에서 죽어가지 않는 데 성공하고 있다.

이건 나중을 위해 남겨두어야겠다.

61

나는 살아 있다. 하지만 이 세상에 온전히 발을 붙이고 있는 것 같지는 않다.

덩치가 크고 건장한 사내들이 정기적으로 나를 학대하고 있다. 왜냐하면 나를 때리는 사내들의 계집이 입고 있는 순백의 핫팬츠를 바라보는 내 시선에 2천 년 동안 간직해온 잃어버린 욕망이 서려 있기 때문이다.

무한한 후회의 연속.

당신들은 살아 있다. 하지만 당신들은 그 사실을 모르고 있다.

당신들은 내 턱을 깨부수는 덩치 큰 건장한 사내들이며, 당신들의 계집이자 그 계집이 입고 있는 순백의 핫팬츠이기도 하다.

당신들은 그곳에 있는 게 아니라 당신들의 안락한 집구석에 틀어박혀 아이들에 둘러싸인 채 TV를 보고, 사랑을 나누고, 설거지를 하고, 낮잠을 잔다. 당신들은 나와 같은 건물에 살고 있다. 옆집에, 앞집에. 당신들은 내가 걷는 길을 걷고, 내가 사는 동네를 들락거리고, 내 세계를 넘나들고 있다.

당신들은 내 세계에 발을 들이고 있지만 나를 모른다.

당신들은 내 세계에 발을 들이고 있지만 당신들에겐 크리스틴이 없다.

한심하고 가련한 얼간이들. 당신들은 지상 최고의 인물을 놓쳐버리고 만 것이다.

언제나 지원을 아끼지 않은 쥘리 오게스, 브리지트 해리스, 기 몬네, 쥘리에트 몬네, 쥘리 그륄레, 그레고리 베르나르, 올리비아 무리에스, 조안 베르텔리, 오드 미.

이 모든 분들께 감사드린다.

지은이 **막스 몬네**
1981년에 태어났다. 현대문학을 전공한 후 연극 학교인 쿠르 플로랑에 진학했으나 곧 메소드 액팅 센터로 옮겨 시나리오 작법을 공부했다. 2006년 『코르푸스 크리스 틴』을 출간하였고, 이 작품으로 프랑스 신인 작가 등용문인 '프르미에 로망' 상을 수상하였다.

옮긴이 **이승재**
한국외국어대학교 불어교육과와 같은 대학 통번역대학원을 졸업했다. 『피의 고리』 『완전한 죽음』 『완벽한 하루』 『13번째 마을』 『스키다마링크』 『테러』 『예술의 기원』 등을 우리말로 옮겼다.

문학동네 세계문학
코르푸스 크리스틴

초판인쇄 2008년 11월 20일 | 초판발행 2008년 11월 26일

지은이 막스 몬네 | 옮긴이 이승재 | 펴낸이 강병선

책임편집 허주미 이은현 조현나 | 디자인 윤종윤 이원경
마케팅 장으뜸 방미연 정민호 신정민 | 제작 안정숙 차동현 김정후

펴낸곳 (주)문학동네 | 출판등록 1993년 10월 22일 제406-2003-000045호
주소 413-756 경기도 파주시 교하읍 문발리 파주출판도시 513-8
전자우편 editor@munhak.com | 전화번호 031) 955-8888 | 팩스 031) 955-8855

ISBN 978-89-546-0664-6 03860

www.munhak.com